UNGLAUBLICH, LEUTE!

Die Bitterbös Chroniken über unsere Hohlstandsgesellschaft – Teil 2

Lustige und weniger lustige Alltagsgeschichten zum Aufregen, Nachdenken und Schmunzeln. Eine kleine Lektüre für Menschen mit Anstand und Denkvermögen.

Bitte beachten Sie das Vorwort.

Inhalt

VORWORT 7
MENSCHEN IM ALLTAG 9
  An der Kasse 9
  Bratwurst 10
  Blind und Frech 12
  Krach zur Mittagsstunde, oder wann auch immer 13
    Teil 1 13
    Teil 2 14
    Teil 3 15
    Teil 4 16
    Teil 5 17
    Teil 6 18
    Teil 7 20
    Einen Vogel - oder zwei 21
  Werbung und Unterstützung 22
  Hilfsbereite Freunde 27
  Gedankenklau 28
  Wandertag 31
  Stadttrouble 32
    Teil 1 33

- Teil 2 34
- Teil 3 34
- Teil 4 35
- Stolz auf Kinder 35
- Unverständnis 37
- Kassenbon 38
- Wie erholsam ein Hotel doch ist 39
- Straßenfest 41
  - Hunde auf dem Straßenfest 41
  - Netter Toilettenhüter 42
- Die Brezel 44
- Liebe Frau Nachbarin 45
  - Garagenabstandshalter 46
  - Katzenschwindel 47
  - Neugierde 49
  - Vollgetexte 50
  - Brieffreundschaft 51
  - Brandgefahr 55
- Urlauber 57
  - Teil 1 57
  - Teil 2 58
  - Teil 3 59

Teil 4 60

Teil 5 61

Teil 6 63

AUTOFAHRER 64

Parken auf der Autobahn 64

Reisverschlussverfahren 65

Parkhaus 67

Auf dem Parkplatz 68

Als Fußgänger 69

Choleriker 71

Fahrerflucht 73

    Schwerverbrecher 73

    Lustig, lustig trallalalaaa 74

    Und das gleiche nochmal anders 76

    Und nochmal anders 77

Rasantes Überholmanöver 80

Baustelle 81

    Teil 1 81

    Teil 2 83

PARKEN 85

Parken ist gar nicht so einfach 85

FIRMEN 91

Anbieterwechsel ... 91

Amt ... 92

Paketfahrer ... 96

   Paket zu schwer ... 96

   Nix verstehen ... 100

   Schnell wie der Blitz ... 101

   Stehen lassen, oder was? ... 102

   Schnell wie der Blitz – Teil 2 ... 103

Stromablesen ... 105

Internetanbieter ... 106

   Teil 1 ... 106

   Teil 2 ... 109

TV Anschluss ... 110

Beim Bäcker ... 114

Discounter SIM Karte ... 115

Bank ... 118

   Teil 1 ... 118

   Teil 2 ... 119

   Vergessen ... 121

Standardtexte ... 122

Sichtbereich ... 125

Gebühren für nichts ... 126

Wer lesen kann… 128

Terminabsprache ohne Sinn 130

Das neue Technikgerät 131

Stiefelkauf 132

TATTOOS 135

Straßenfest 135

Internet 136

Tattoo-Studio 137

    Teil 1 137

    Teil 2 139

    Teil 3 141

LACHSPASS 145

Eiermann – Lustig statt unglaublich 145

Fachmann 147

Was herauskommen kann, wenn zwei Leute über unterschiedliche Dinge reden 148

Lustige Geschichten aus dem Arbeitsalltag 149

Keine Einzelfälle 151

Lärmender Schutz gegen Lärmbelästigung 154

DANKE 159

VORWORT

Ich möchte hiermit wie auch schon in Teil 1, *Unmöglich, Leute*, ausdrücklich zur Geltung bringen, dass ich grundsätzlich nichts gegen Kunden, Firmen, Kollegen, Kinder, Hunde, alte Leute oder generell gegen Menschen habe! (Oder doch?) Nein… immer noch Spaß. Es ist nicht mein Wille jemanden anzugreifen. Es liegt mir fern, Sie hier als Leser zu verurteilen.

Sicher können Sie als Leser alle Geschichten nachempfinden, sonst hätten Sie nicht zu diesem Buch gegriffen, oder es wäre Ihnen nicht empfohlen worden. Die kursiv geschriebenen Ansprachen dienen einfach der Belustigung an die Menschen gerichtet, wegen denen dieses Buch auf Grund ihres Verhaltens existiert und die es selbst sicher nicht lesen werden.

Mit diesem Buch möchte ich einfach lustige und auch weniger lustige, dreiste und auch erschreckende Erfahrungen mit den Menschen heutzutage weitergeben. Hier in diesem Teil 2 gehe ich mehr auf die Menschen im Alltag und die Mitarbeiter von Firmen ein, es genau auszudrücken. Denn auch wenn als Kapitel-Überschrift „Firmen" genannt wird, eine Firma an sich kann ja nicht agieren.

Ich vermute immer noch, dass die meisten Menschen kein Verständnis für das Entsetzen der in diesem Buch beschriebenen Situationen haben. Die meisten Geschichten habe ich selbst erlebt. Manche auch Menschen in meinem nahen Umfeld, denen ich hiermit dafür danke, dass sie die Worte an mich weitergegeben haben. Ebenfalls danke ich dafür, dass sie mich durch diese Geschichten begleitet und auch unterstützt haben.

Ich möchte mit den Erzählungen darauf aufmerksam machen, dass wir alle zusammen auf dieser Welt leben. Jeder hätte es einfacher, wenn jeder Einzelne auch auf andere Rücksicht nehmen würde, und nicht immer gleich auf Angriff aus wäre. Ebenso, dass viele Dinge einfach mit Humor gesehen werden können und somit die Welt vielleicht etwas lustiger und fröhlicher gestaltet werden kann.

Grundsätzlich können wir die Welt nur verändern wenn jeder von uns mitmacht. Jede noch so kleine Entscheidung kann dies bewirken. Doch wenn alle denken, „ich bin alleine auf der Welt", oder „ein Einzelner kann eh nichts ändern", verändert sich auch nichts.

Auf sich achten, alles schön und gut. Ab und an etwas Rücksicht kann jedoch nicht schaden. Lasst uns an einem fröhlichen, freundlichen und vor allem respektvollen Miteinander arbeiten.

Seid nicht so unglaublich, Leute! Na dann wollen wir mal losmeckern...

MENSCHEN IM ALLTAG

An der Kasse

Ähnlich wie den Schiebemann, den ich bereits in Teil 1, *Unglaublich, Leute* ein Kapitel widmete, gibt es auch andere Menschen an den Kassen in unseren Supermärkten. Es ist immer wieder erstaunlich, wie manche Menschen Angst davor haben, dass man ihre Ware versehentlich mit bezahlt. Kaum steht man an der Kasse und kommt einmal nicht gleich an eine Abtrennung, stürzen sich die meisten Einkäufer und Einkäuferinnen etwas höheren Alters todesmutig über die Kassenbahn. Sie zerquetschen noch fast die Ware die drauf liegt, nur um an so eine Abtrennung zu gelangen.

Unglaublich, Leute. Einfach mal ein paar Sekunden warten, bis die Schlange ein paar Zentimeter nach vorne gewandert ist und man ganz normal danach greifen kann. Dann passiert auch nichts und man muss auch die Leute nicht dabei halb über den Haufen stürzen.

Bratwurst

Eine eher traurige Geschichte, bei der mir aber das Messer im Sack auf ging als ich sie erzählt bekommen habe, ist Folgende:

Ein Betreiber einer kleinen Hütte eines Vereines, der sich bereit erklärt hat für den Wald zu sorgen, ging zu seinen Vereinskollegen zum Essen in deren Berghütte. Er saß am Tisch und erzählte fassungslos sein Erlebnis vom Tag zuvor.

Es war viel losgewesen. So viel, dass bereits mittags die Bratwürste ausverkauft waren. Ich nenne den Mann jetzt für die Geschichte „Wirt".

Moment, bevor es weitergeht. Wichtig zu erwähnen finde ich, dass die Hütten von den Leuten ehrenamtlich betrieben werden! Das heißt die Vereinsmitglieder stellen sich freiwillig an den Wochenenden und Feiertagen bei Wind und Wetter in die Hütten, schenken Getränke aus, bereiten das Essen vor, kochen und spülen das Geschirr. Sie sorgen für eine gemütliche Atmosphäre, sorgen für das Reinigen der sanitären Anlagen und bemühen sich, die Gäste so schnell wie möglich zu bewirten. Und das alles OHNE BEZAHLUNG.

Also zurück zu dem guten Mann. Wie schon angesprochen, hatte er an einem schönen Herbsttag so viel Anlauf an Gästen, dass mittags schon die ganzen

Bratwürste ausverkauft waren. Da kam eine Gruppe Wanderer hinein und wollte Bratwurst essen. Der Wirt sagte, dass leider schon alles an Bratwurst ausverkauft sei und er leider nur noch die anderen Gerichte anbieten könne. Da wurde der Mann an der Theke richtig aufbrausend und schimpfte „Das kann es doch nicht sein, es ist mittags, wir wollen jetzt eine Bratwurst, das ist eine Frechheit!" Der freiwillige Wirt entschuldigte sich und erklärte dem Mann die Umstände, dass eben ein ungewöhnlich großer Anlauf den Tag über bisher war und eben alle Vorräte aufgebraucht wurden. Da nie abschätzbar ist wann wie viele Gäste kommen, kann keine genaue Vorauskalkulation gemacht werden. Ein Verein kann es sich auch nicht leisten, Essen wegzuwerfen. Gerne wäre er aber bereit, aus den Zutaten die noch da sind ihm etwas Tolles und Außergewöhnliches zu zaubern. Doch statt sich über dieses besondere und außergewöhnliche Angebot zu freuen oder sich zu bedanken, plusterte sich der unverschämte Gast noch mehr auf, beschimpfte den Wirt und regte sich übertrieben über den schlechten Service auf. SCHLECHTER SERVICE!!!! (Siehe vorherigen Absatz zum Thema freiwillige und ehrenamtliche Arbeit ohne Bezahlung!)

Da der Wirt ein netter Mann war hat er sich von dem Mann beschimpfen und beleidigen lassen, ohne sich zu wehren. Als er die Geschichte erzählte kamen ihm fast die Tränen nach solch einer asozialen Erfahrung.

Unglaublich, Leute. Ich kann nur hoffen, dass der Bratwurstmann irgendwann mit seiner Art an jemanden gelangt, der ihm mal zeigt wo der Hammer hängt.

Verbal, natürlich.

Blind und Frech

Wie schon in Teil 1, *Unmöglich, Leute,* hat auch eine andere Freundin von mir ein Haus, und zu ihrem Haus gehört ebenfalls eine Garage. Diese ist schräg gegenüber einer Arztpraxis. Wie es meistens so ist, interessiert das die wenigsten Leute. Als meine Freundin dringend weg musste, konnte sie nicht aus ihrer Garage fahren da sich wieder irgendein Vollhorst davor gestellt hat. In weiser Voraussicht, dass der- oder diejenige beim Arzt im Wartezimmer sitzt, stiefelte sie über die Straße, ging in das Wartezimmer und fragte nach dem Besitzer des Wagens. Und oh, welch Überraschung, es meldete sich eine Dame. Meine Freundin bat die Gute höflich, vor ihrer Garage wegzufahren und Platz zu machen. Doch anstelle einer Entschuldigung und einer sofortigen Reaktion wie zum Beispiel aufspringen und wegfahren kam von der Dame nur in einem patzigen Ton: „Da ist keine Garage!" Mit einer nochmaligen Aufforderung, umgehend wegzufahren da sie sonst genötigt ist den

Abschleppdienst zu holen, gab meine Freundin der patzigen Dame noch den Tipp mit, sich gleich eine Überweisung zum Augenarzt geben zu lassen.

Unglaublich, Leute. Einfach anderer Leute Parkplätze und Garagen zu zuparken und dann, wenn der Besitzer einen Schaden davon trägt (Zeitverlust und Ärger beispielsweise), nicht einmal den Anstand haben sich zu entschuldigen, stattdessen den Beschädigten noch blöd anpampen. Was ist das für eine Welt?

Krach zur Mittagsstunde, oder wann auch immer

Teil 1

Ist es nicht wunderbar einmal samstags frei zu haben? Normalerweise schon, vor allem wenn man an dem Tag eh schon etwas Kopfschmerzen hat. Sehr schön ist es dann, wenn irgendwelche Leute in der Straße meinen, sie müssen mit einem lauten Gerät Fugensand zwischen ihre Pflastersteine kehren. Kann man nichts machen, muss man leider ertragen. Aber zumindest mittags zwischen 12- 15 Uhr, wenn eigentlich Mittagsruhe ist, könnte man doch etwas Respekt und Rücksicht erwarten. Aber nein, es interessiert die Leute nicht, dass es sich bei allen außenherum anhört als würde ein Hubschrauber vor dem Haus landen. Und das stundenlang!

Teil 2

Man geht ja davon aus, einige Wochen später ist die Baustelle mal fertig von den lieben Nachbarn. NEIN. Ist das eine fertig fällt ihnen wieder etwas Neues ein was sie machen könnten. Und so ist es natürlich wieder das Gleiche mit dem Krach um die Mittagszeit. Nur dass es dieses Mal nicht die Kehrmaschine ist, sondern ein Stapler. Schlimm genug, dass dieser permanent zu hören ist. Aber warum um alles in der Welt muss dieser immer wieder die Straße entlang fahren und an unserem Haus vorbei? Leer? Wöööööööm... Wööööööööööm... Wööööööööööm... Wöööööööm...

Teil 3

Eine Nachbarin mit zwei Kindern ist besonders zu erwähnen. Wie schon mehrfach erwähnt habe ich nichts gegen Kinder. Es gibt hier viele Nachbarn mit Kindern. Aber die hört man im Allgemeinen kaum, oder nur selten. Aber diese eine Nachbarin mit Ihren Bälgern ist so furchtbar. Sollte man genau um Kindergartenschluss zu Hause sein, kommt man kostenlos in den Genuss, Kindergeplärr zu hören. Immer. Denn es ist nicht so, dass die Kinder ab und an mal plärren. Nein, im Gegenteil. Es ist eher die Ausnahme, wenn man diese einmal nicht hört. Täglich immer nur am Jammern, am Heulen, am Fordern am Rufen. Mit Ihren Fahrradklingeln klingeln oder sonst irgendein Krach machen ist dort das Nachmittagsprogramm. Was sagen? Warum... das sind doch Kinder...! Also: Mund halten und wie das Gebell und die permanenten Bauarbeiten oder das ständige Rasenmähen früh morgens: ertragen. Das Schlimme hier ist: das grelle Geplärre der Mutter ist eigentlich noch viel lauter und schlimmer als das Ihrer Kinder.

Teil 4

Endlich, ich bin eingeschlafen. Und das, wo ich die letzen Nächte echt Probleme damit hatte, was unter anderem auch mit dem Hundegebell zu tun haben könnte, dass die letzten Tage wieder zugenommen hat. RATSCH.. RATSCH.. RATSCH... bin ich aus dem Schlaf gerissen worden und nicht zu wenig erschrocken. Was zur Hölle war das? Kurze Ruhe, ich drehe mich auf die Seite. RATSCH... RATSCH... RATSCH geht es weiter. Ich krabble an mein Fenster, schaue mich um. Steht da so eine, mir unbekannte, füllige Frau am Mülleimer und ist dabei, mehr als personenhohe Kartons zu zerreißen. An sich ja löblich, aber nicht NACHTS UM 2 UHR! Nach mehreren Rufen hatte sie sich dann bequemt, Ihre Reisaktion zu beenden. Als ich einen Tag später selbst zum Mülleimer ging, konnte ich diesen nicht erreichen, weil alles voller großer Karton stand. Erst nach einem netten Zettel, welchen ich an die Mülleimercontainertür hing, wurden die Karton wieder in die Wohnung gebracht und wohl dort zerrissen.

Ich hoffe, die nächtliche Ruhestörung durch Kartonzerreisen wird künftig eine schlechte Erinnerung bleiben.

Stattdessen fährt aber immer wieder nachts ein Nachbar mit seinem Fahrrad in unsere Wohnanlage und auch in die dazugehörige Tiefgarage. Laut quietschend! Ich kann gar nicht zählen wie oft ich bzw. wir (es ist wirklich laut, nicht nur ich werde davon wach) deshalb nachts (besonders im Sommer bei offenem Fenster) geweckt wurden. Leider haben wir keine Ahnung, wer der Besitzer dieses Fahrrades ist. Und auch mein netter (wirklich!) Zettel in der Garage mit der höflichen Bitte das Fahrrad zu ölen wurde nach nicht einmal einer Stunde von einer unbekannten Person entfernt.

Teil 5

Wie schon in Teil 1 *Unmöglich, Leute*, hab ich auch in der neuen Wohnung wieder mit den Kläffhunden zu kämpfen. Aber es ist nicht nur einer, der einem nachts den Schlaf raubt. Nein, es sind mindestens vier! Einer bellt den ganzen Tag. Ständig. Er hört einfach nicht auf. Gegenüber in dem anderen Haus der Hund stimmt dann bei Gelegenheit mit ein. Er bellt zwar nicht ganz so oft, aber wenn, dann eine ganze Weile am Stück. Kennt ihr solche Stimmen von Menschen, die einfach wie ein Angriff klingen? Furchtbar und unangenehm? So ist dieser. Nachts bellt wieder ein anderer Hund, auf der anderen Seite die Straße entlang. Und sehr früh morgens oder gegen Abend nochmal von der anderen Ecke einer. Ruhe hat man hier nicht. Aber ich fürchte zu glauben, dass dies allgemein immer schlimmer wird. Alle wollen einen Hund, aber keiner hat Zeit sich um diese zu kümmern. Das kommt dann dabei raus. Andere Menschen werden Tag und Nacht beschallt.

Unglaublich, Leute. Nehmt doch einfach mal auf eure Mitmenschen im Umkreis Rücksicht. Ob ihr ein Eigenheim habt oder nicht, euch gehört weder die Straße, noch der Ort, noch die ganze Welt. Es gib auch noch andere Menschen die eventuell auch einmal schlafen möchten, die daheim arbeiten, die krank sind und Ruhe brauchen. Es kann doch nicht jeder so egoistisch sein und machen was und wann er will? Sagen darf man ja eh nichts, in dieser griesgrämigen, unfreundlich gewordenen Gesellschaft.

Teil 6

Endlich. Die Nachbarn sind fertig mit allem. Das heißt heute, wenn ich ausnahmsweise einmal unter der Woche zu Hause bin, schlafe ich aus. Von wegen. Es ist Putztag. Heute kommt die Putzfirma und die Damen reinigen das Treppenhaus. Nur leider haben diese es nicht nötig etwas aufzupassen. Das man mal an ein Treppengeländer kommt, das kann vorkommen. Da sagt kein Mensch etwas. Aber wenn es permanent passiert, schreit das nach Unachtsamkeit. Klooong, Klooong, Klooong... so geht das bis man wach ist. Und nicht nur das. Ruuums, da ist der Besen gegen die Tür geknallt. Und weil es so schön war: Ruuums... Ruuums. Einmal bin ich bald aus dem Bett geflogen vor Schreck, dachte noch, herrje ist etwas passiert, wer klopft denn so früh so energisch an die Tür? Bis ich diese öffnete war die Dame schon eine Etage weiter und nicht mehr zu sehen, aber da war mir klar: Ach ja, ist ja Putztag heute.

Unglaublich, Leute. Heutzutage nimmt keiner mehr Rücksicht auf das Eigentum anderer. Und nein, ich habe nichts gegen Reinigungskräfte, ich habe hier einen großen Respekt. Vor allem weil ich auch selbst schon oft genug als Reinigungskraft gearbeitet habe! Und deshalb weiß ich auch, dass man auch beim Putzen etwas aufpassen kann sofern man bereit dazu ist, und dennoch sauber arbeiten kann. Vielleicht dauert das eine halbe Minute mehr, aber die werden die Damen sicher bezahlt bekommen. Direkt bei den Leuten beschweren ist ja so eine Sache, wie oft hört man von geklauten Sachen, von Spülwasser in den Blumen und zerstochenen Fahrradreifen. Anonyme Hinweise, egal wie freundlich, werden leider meist gekonnt ignoriert. Genauso wie die Tür aufmachen und schauen, wer denn da geklopft hat.

Teil 7

Ach wie schön, heute habe ich frei. Es ist keine Baustelle in Sicht und kein Putztag. Endlich mal ausschlafen. Denkt ihr. Von wegen... Nichts wird es mit ausschlafen. Die Nachbarin im Haus hat mal wieder Laberdrang und meint jeden anderen Nachbarn der an ihrer Wohnung vorbeiläuft abpassen zu müssen. Warum und weshalb? Na zum labern. Booog booooog boooogbooooooog... so geht das dann mindestens eine Viertelstunde. Das hallt ja auch so schön in Treppenhäusern. Wenn man da einen leichten Schlaf hat wie ich... was sicher auch an der Dauerbeschallung der ganzen Krachmacher außenherum liegt, naja ich denke ich muss mich nicht weiter dazu äußern. Tratschweiber halt.

Unglaublich, Leute. Schlimm genug dass es den neugierigen und redelustigen Leuten egal ist ob man Zeit und Lust hat sich zu unterhalten, es wird einem einfach aufgezwungen. Man könnte meinen, manche sitzen den ganzen Tag vor Ihrer Wohnungstür und lauschen bis jemand kommt, um dann just in dem Moment „zufällig" die Tür aufzureißen. Neugierige Menschen, wie ich das leiden kann... Nein, das ist nicht alles. Diese Leute nehmen auch noch null Rücksicht auf die Lautstärke, die das Gegagger mit sich bringt. Mir ist sie bisher nur wenige Male aufgelauert. Meist, wenn ich schon vorbei war. Aber anhand meiner Reaktion (die Treppe wieder rückwärts runter und guggen was das soll, oder Kommentare als die Tür aufging als ich schon sehr weit weg war...) hat sie denke ich schnell gemerkt was ich davon halte und ich bleibe davon verschont.

Einen Vogel - oder zwei

Und was gerade zur vorherigen Geschichte passt, und ebenso zu dem Thema Krach: Eben diese neugierige Tante hatte wohl leider nicht immer alle Bewohner des Hauses erwischt. Also wand sie Trick 17 an. Abgesehen von dem ganzen Hausrat und den ganzen Kindergartenbildern die sie bis dato so oder so schon im Hausflur verteilte um ihn „zu verschönern", hatte sie ganz kackfrech einen Bewegungsmelder auf die Briefkästen innen gestellt. So konnte niemand mehr in das Haus, aus dem Haus raus oder in den Keller gehen, ohne dass dieses scheiß Teil angefangen hat einen fürchterlichen Laut von sich zu geben. Ihr könnt euch vorstellen wie sehr ich das erste Mal erschrocken bin. Ich ging früh morgens, noch müde, aus dem Haus um mich auf den Weg zur Arbeit zu begeben, als ich noch dachte: „Was ist das denn schon wieder für ein Müll, ein weiterer Staubfänger, diesmal in Form von Vögeln. Alla gut, wenn sie meint..." Auf einmal fängt der Scheiß an sowas von laut zu zwitschern! Ich bin so erschrocken, ich hätte fast meine Tasche fallen lassen. Um nicht noch von der Nervtöhle angehalten zu werden, die durch den Ton sicher aus dem Bett gesprungen, und auf dem Weg zu einer Tür oder einem Fenster war um ihr neues Opfer auszuspähen wie eine Spinne, in deren Netz sich ein Insekt verfangen hat, habe ich geschaut das ich Land gewinne und zwar pronto. Aber am Abend habe ich mir vorgenommen, wird den Vögeln das Maul gestopft sobald ich heim komme.

Unglaublich, Leute. Neugierde hin oder her, das geht echt zu weit. Übrigens: Mein Partner sah das genauso und hat schon bevor ich heim kam die Batterien aus dem Teil entfernt. Es wurde von der Dame aber bisher bei keinem angesprochen... nur die Vögel waren auf einmal wieder weg.

Werbung und Unterstützung

Wer kennt das nicht. Man möchte etwas privat verkaufen, man möchte ein Geschäft auf machen, man hat ein eigenes Produkt das unter die Leute soll... egal was, nichts geht gut ohne Werbung. Grundsätzlich sinnfrei sind soziale Netzwerke, doch für so etwas sind sie sehr gut. Aber nur WENN die Leute auch mitmachen. Viele Leute. Leider werden die Wenigsten bei so etwas unterstützt. Selbst gute Freunde und Verwandte helfen dem „kleinen Mann" kaum ihre Werbung zu verbreiten. Es werden eigentlich fast nur unnütze und dumme Sprüche, sowie doofe Bilder weitergegeben und gepostet. Dabei könnte man mit ein bis zwei Mausklicks so viel erreichen, wenn jeder mitmachen würde. Ich persönlich habe das einmal über ein Jahr hinweg beobachtet und ausgewertet. Auf je 100 Personen in so einem sozialen Netzwerk die jemand kennt, macht im Durchschnitt höchstens 1 Person pro Aktion mit. (Da Personen nicht auf Kommastellen gerundet werden sollten, ist die Zahl 1 einstanden, sonst wäre es weniger) Natürlich gibt es mal ein paar mehr, aber auch mal gar niemand der sich an so etwas beteiligt. Aber das ist so der Schnitt.

Auch wenn es darum geht obdachlosen Tieren zu helfen ein Zuhause zu finden, ist die Mithilfe echt zum davonlaufen. Wenn ein Hund zurückgelassen wurde von seinem asozialen Besitzer und nun dringend ein Zuhause sucht (andere Geschichte), oder eine Mietze auf Grund einer plötzlich kommenden Allergie abgegeben werden muss, finden sich kaum Menschen die bereit sind die Beiträge auf Ihren Seiten zu teilen. Aber Sprüche von wegen „Ich liebe Tiere, dafür bin ich für Sylvester ohne Knaller" oder „wer Pelz trägt... blablabla" das geht wie ein Laubfeuer um die Welt. Oder irgendein

Herzschmerzscheißdreck den es schon tausend Mal in allen möglichen Variationen gegeben hat oder „Die die falsch sind und lästern einen mal können…" Scheißdreck. Aber wirklich wichtige Dinge werden gekonnt ignoriert. So etwas ist für mich nicht nachvollziehbar.

Wie viele kleine Leute versuchen sich mit selbstständiger Arbeit ein zweites Standbein aufzubauen. Das ist sehr schwer heutzutage. Also hofft man auf die Unterstützung seiner Freunde, Bekannter und Verwandter. Aber wie wenig von denen mitmachen und einzelne Beiträge zu teilen ist sehr schwer zu glauben. Als ich ein Produkt in mühevoller Handarbeit selbst hergestellt hatte und dies online stellte um es zu bewerben, hat es kaum jemand, fast niemand interessiert. Als ich für jemanden eine Spendenaktion aufgerufen hatte und den Link online gestellt habe hat es kaum jemand, fast niemand interessiert. Selbst als ich mein Buch bewerben wollte und dies immer wieder online stellte, hat es kaum jemand, fast niemand interessiert. So ist die Welt.

Was aber noch fast schlimmer ist: nicht nur das kaum jemand hilft das Ganze mit wenig Aufwand publik zu machen. Nein. Man muss ja noch dumme und verkaufsmindernde Kommentare darunter setzten! Nur weil manche nicht richtig lesen können oder schlichtweg zu dumm zum Nachdenken sind, wird ein so hohles Gelaber darunter geschrieben was die ganze Sache die beworben werden soll noch richtig durch den Dreck

Herzschmerzscheißdreck den es schon tausend Mal in allen möglichen Variationen gegeben hat oder „Die die falsch sind und lästern einen mal können..." Scheißdreck. Aber wirklich wichtige Dinge werden gekonnt ignoriert. So etwas ist für mich nicht nachvollziehbar.

Wie viele kleine Leute versuchen sich mit selbstständiger Arbeit ein zweites Standbein aufzubauen. Das ist sehr schwer heutzutage. Also hofft man auf die Unterstützung seiner Freunde, Bekannter und Verwandter. Aber wie wenig von denen mitmachen und einzelne Beiträge zu teilen ist sehr schwer zu glauben. Als ich ein Produkt in mühevoller Handarbeit selbst hergestellt hatte und dies online stellte um es zu bewerben, hat es kaum jemand, fast niemand interessiert. Als ich für jemanden eine Spendenaktion aufgerufen hatte und den Link online gestellt habe hat es kaum jemand, fast niemand interessiert. Selbst als ich mein Buch bewerben wollte und dies immer wieder online stellte, hat es kaum jemand, fast niemand interessiert. So ist die Welt.

Was aber noch fast schlimmer ist: nicht nur das kaum jemand hilft das Ganze mit wenig Aufwand publik zu machen. Nein. Man muss ja noch dumme und verkaufsmindernde Kommentare darunter setzten! Nur weil manche nicht richtig lesen können oder schlichtweg zu dumm zum Nachdenken sind, wird ein so hohles Gelaber darunter geschrieben was die ganze Sache die beworben werden soll noch richtig durch den Dreck sie sehr gut. Aber nur WENN die Leute auch mitmachen. Viele Leute. Leider werden die Wenigsten bei so etwas unterstützt. Selbst gute Freunde und Verwandte helfen dem „kleinen Mann" kaum ihre Werbung zu verbreiten. Es werden eigentlich fast nur unnütze und dumme Sprüche, sowie doofe Bilder weitergegeben und gepostet. Dabei könnte man mit ein bis zwei Mausklicks so viel erreichen, wenn jeder mitmachen würde. Ich persönlich habe das einmal über ein Jahr hinweg beobachtet und ausgewertet. Auf je 100 Personen in so einem sozialen Netzwerk die jemand kennt, macht im Durchschnitt höchstens 1 Person pro Aktion mit. (Da Personen nicht auf Kommastellen gerundet werden sollten, ist die Zahl 1 einstanden, sonst wäre es weniger) Natürlich gibt es mal ein paar mehr, aber auch mal gar niemand der sich an so etwas beteiligt. Aber das ist so der Schnitt.

Auch wenn es darum geht obdachlosen Tieren zu helfen ein Zuhause zu finden, ist die Mithilfe echt zum davonlaufen. Wenn ein Hund zurückgelassen wurde von seinem asozialen Besitzer und nun dringend ein Zuhause sucht (andere Geschichte), oder eine Mietze auf Grund einer plötzlich kommenden Allergie abgegeben werden muss, finden sich kaum Menschen die bereit sind die Beiträge auf Ihren Seiten zu teilen. Aber Sprüche von wegen „Ich liebe Tiere, dafür bin ich für Sylvester ohne Knaller" oder „wer Pelz trägt… blablabla" das geht wie ein Laubfeuer um die Welt. Oder irgendein zieht. Nur ein Beispiel: Ein Link mit einem Buch, mit der Bitte dies auch entsprechend bei Gefallen (!) gut zu bewerten damit es auch von anderen gekauft wird. Leute lesen nicht gerne viel Text in solchen Netzwerken. Also ist ein Roman zu schreiben sinnlos und ein kurzer knackiger Text angebrachter. Aber wie man es macht ist es falsch. Da wird man von den Leuten, die einen nicht einmal kennen, öffentlich als Betrüger bezichtigt der Bewertungen fälschen will... Besseres Beispiel: Ein Freund wollte ein selbsterstelltes Produkt verkaufen und sich etwas aufbauen. Eine Bekannte schrieb darunter das Produkt sei viel zu teuer und nennt als Beispielspreis einen Betrag, der nicht einmal die Herstellungskosten gedeckt hätte, von der ganzen Zeit und Arbeit einmal abgesehen und hat dem Freund damit ein mögliches Geschäft versaut. Eine Hohltulpe, die eh keine Ahnung vom Leben hat, da sie in ihrem noch nicht einmal hart für was hat arbeiten müssen.

Unglaublich, Leute. Dass eine gute Bewertung nur dann abzugeben ist, wenn es demjenigen auch gefällt, sollte eigentlich selbstverständlich sein! Wie viele lesen die Bücher, schauen die Filme oder finden das Produkt toll das Jemand anbietet, und wie viele von diesen Leuten machen sich die Mühe, investieren 3 Minuten Zeit und bewerten diese auch mit ihrer guten Meinung? Fast niemand! Warum? Teils aus Faulheit, und teils weil die Leute über sowas nicht nachdenken. Was wiederum beides für jemanden der versucht durchzustarten und sich was aufzubauen aber nicht hilfreich ist. Fast jeder schaut bevor er etwas kauft auf Bewertungen. Selbst abgeben möchten sie aber keine. Also möchte man den Leuten etwas auf die Sprünge helfen, einen Denkanstoß geben. Frei dem Motto: Hey Leute, euch gefällt das Produkt, sehr schön das freut mich sehr. Mir würde es helfen, wenn Ihr Euch kurz die Zeit nehmt um dies auch der Welt mitzuteilen, denn nur so kann ich auf Dauer mit dem Produkt Erfolg haben. Von daher freue mich sehr, wenn Ihr euer Lob somit ausdrückt, in dem Ihr auch das Produkt gut bewertet. So, verstanden? Wenn ich dies aber genau so dazuschreibe, damit es auch jeder Vollhorst versteht, gibt es aber a) wieder genug die es nicht kapieren und b) fast niemand der das liest weil es einfach zu lang ist. Wieder mal gilt: wie man es macht ist es verkehrt. Ich gehe einfach immer davon aus dass die Leute mitdenken können... aber da irre ich mich leider viel zu oft. Aber ein Gutes hat dieser Mist: ich habe nun wieder ein weiteres Kapitel für dieses Buch gehabt.

Hilfsbereite Freunde

Ich hatte mich mit einem Freund zum Film schauen verabredet. Nebenbei wollte ich noch etwas arbeiten. Ich hatte Material bestellt, dass ich noch in Flaschen abfüllen musste, welche zum Verkauf standen. Das Material hatte ich im Auto und wir trafen ungefähr zeitgleich bei mir zu Hause ein. Perfekt, dachte ich. Kann der gute, kräftige Mann mir helfen hochtragen. Als ich ihn darum bat, hörte ich nur: „Ich hab´s im Rücken." Okay, danke. Dann trage ich das 20 Kilogramm schwere Paket eben alleine die Treppen hoch, zusammen wäre es sicher einfacher gewesen. Aber ich habe es auch im Rücken, ich habe also Verständnis. Während des Film Schauens füllte ich dann noch mehr als 20 Flaschen Material ab und rieb mir immer wieder die Handgelenke, die mittlerweile echt schmerzten. Als der Film fertig war und ich dann darum bat den Abend zu beenden da ich müde sei und Schmerzen hätte in Rücken und Handgelenken, besaß der Bekannte doch tatsächlich die Frechheit zu fragen, ob ich nicht noch ein wenig den Nacken massieren könnte, er sei verspannt. (Ich hatte das einmal gelernt und ihm vor Kurzen einen Massagegutschein geschenkt).

Unglaublich, Leute. Lässt ein großer starker Mann mich kleine Wurst das schwere Paket alleine schleppen, schaut mir zu wie ich mir einen abquäle beim Abfüllen und verlangt dann auch noch eine Massage. Ich glaube es geht los!

Gedankenklau

Ich habe einen Jahresrückblick verfasst, habe mir zwei Tage lang Gedanken gemacht was ich meinen Bekannten mit auf den Weg geben will. Mit viel Dank und Lob an die Leute die mich durchs Jahr begleitet haben, mit Denkanstößen für diejenigen die sich vielleicht nicht so toll verhalten haben. Natürlich auch mit den falschen „Ins-Gesicht-Grinsern" und auch mit der leider immer weniger werdenden Höflichkeiten wie Danke und Entschuldigung. Es war wirklich sehr persönlich und auf mein Umfeld abgestimmt. Bei den „falschen" Personen (meist sind sowas irgendwelche Arbeitskollegen die nur Wert darauf legen, irgendwo mitzumischen) war es wie immer das Gleiche. Diese fanden den Beitrag toll und kommentieren es als sei man die besten Freude und kapieren nicht, dass sie damit gemeint sind oder wollen es nicht sehen. Oder sie wissen es genau, aber wollen nach außen einen guten Eindruck machen. Es ist dann aber auch so vorausschaubar, dass ich mich vor Lachen gekringelt habe. Aber darauf wollte ich nun nicht hinaus.

Was ich getan habe war ein quasi offener Brief an alle Leute die ich bei mir in der Liste habe, mit denen ich Kontakt habe, die meine Sachen lesen. Schreibt mich doch eine Dame an. (Die, die aus *Teil 1 Unmöglich, Leute*, mir ein Tag vor meinem anstehenden Umzug den Waschmaschinenkauf abgesagt hat, sich aber auf jeden Fall wegen dem Regalkauf noch einmal melden wollte. Da warte ich jetzt noch drauf.) Ich dachte noch: „Oh, endlich meldet sie sich wegen dem Regal, jetzt ist es eh zu spät...“! Doch sie teilte mir nur ohne ein „Hallo." oder „Wie geht's?" mit, dass sie meinen Text kopieren musste da er ihr aus der Seele spricht und sie ihn nur etwas verändert hat und das ja sicher ok sei, und bedankte sich zumindest dafür. Äh... okay... also ich kenne es so, dass wenn man denjenigen schon danach fragt, man dies vorher macht, nicht hinterher. Zumal es die Funktion „teilen" gibt – damit man auch sieht wo es herkommt. Aber den Inhalt klauen, sich bei Anderen mit fremden Federn zu schmücken, und danach mir dies auch noch mitzuteilen, naja...

Verbieten kann ich es natürlich nicht, und was öffentlich wo steht kann sich jeder mopsen. Ich jedoch würde mich wenn, dann inspirieren lassen und meine eigenen Worte schreiben. Möglich dass die Ähnlich sind, aber sie wären eigen. Aber persönliches Gedankengut an bestimmte Menschen einfach zu kopieren... ich finde das nicht gut, aber das ist meine persönliche Meinung. Es zu kopieren und dann einfach mal eben demjenigen zu schreiben dass gerade sein Text geklaut wurde, finde ich fragwürdig. Ich gehe ja auch nicht in einen Supermarkt und klaue einen Kugelschreiber, gehe dann an die Kasse und sage: Ach übrigens, hab einen Kugelschreiber mitgehen lassen...

Ich war natürlich weder böse noch beleidigt, weil wie eben schon angesprochen muss man natürlich bei allem was man öffentlich schreibt damit rechnen, dass es jemand kopiert. Aber ich war neugierig. Also antwortete ich ihr, dass es ok ist, wenn sie es teilt oder dazuschreibt dass der Text von mir kommt. Ich war einfach gespannt auf ihre Reaktion. (Sie hatte mich ja zudem auch nach meiner Meinung gefragt.) Aber eine Antwort darauf habe ich nicht mehr erhalten.

Ich hatte auch einmal einen Trauerbeitrag geschrieben, als ich einen lieben Menschen verloren hatte. Diesen fanden auch einige gut, die ihn dann geteilt haben. So war aber klar, woher er kommt und wer ihn verfasst hat. Das war schön zu sehen, dass anderen meine Worte gefallen haben. Das ist wieder etwas ganz anderes, finde ich. Ebenso lustig fand ich übrigens, wie viele „Jahresrückblicke" es plötzlich einen Tag später in dem Sozialen Netzwerk gab, von Leuten, die mich kennen. Was für ein Zufall.

Unglaublich, Leute. Mag sein dass viele von euch das jetzt als kleinlich sehen. Aber ich finde etwas persönlich Geschriebenes für bestimmte Leute einfach zu klauen und auf sich anzupassen ist die eine Sache, denjenigen noch anzuschreiben und einfach mal mitzuteilen das man es einfach geklaut hat die andere und moralisch unangebracht. Zumindest hätte man anstandsweise ein „Hallo, hoffe es geht dir gut.", mit dazuschreiben können.

Wandertag

Es ist Sonntag und schönes Wetter. Wie es so ist will jeder raus. Natürlich auch wir. Also gehen wir mal wieder wandern. Wir gehen aber wirklich wandern. Im Gegensatz zu manch anderen.

So viele Leute fahren 20 – 80 Kilometer um in unseren Wald zu kommen. Woran wir das erkennen? An den ganzen Kennzeichen auf den Autos, an denen wir vorbeilaufen wenn wir in den Wald gehen. Die Menschen sind so faul, sie fahren soweit es geht in den Wald hinein. Bis zum letzten Eck in dem sie noch parken können. Manche parken sogar außerhalb der vorhandenen Parkplätze und guggen ob es ein paar Meter weiter auch noch geht. Nur keinen Meter verschenken den man mit dem Auto in den Wald reinfahren könnte. Wenn sie dann nach langer Zeit, in der sie die schöne Waldluft mit ihren Abgasen verpestet haben und mit ihrem Lärm alle Tiere vertrieben haben, endlich die letzte Möglichkeit zum halten gefunden haben, parken sie dann endlich.

Im Anschluss an diese nervige Tortur laufen sie dann den einen Kilometer bis zur Gaststätte im Wald. Dort hauen sie sich den Ranzen voll, rollen wieder zurück zum Auto, fahren wieder nach Hause und erzählen dann stolz sie waren im Wald wandern. Wie ich darauf komme? Na, vor der Hütte haben sich die Leute kaputt getreten und es war so laut wie in einem Vergnügungspark. Und hinter der Hütte – STILLE, wie ich es mir wünsche wenn ich wandern gehe.

Stadttrouble

Ich bin ein Landei, das gebe ich zu. Ich gehe auch, trotz weiblich, nicht gerne in die Stadt. Weder bummeln, noch shoppen, noch sonst was. Warum? Es ist mir einfach zu voll. Die Menschen treten einen tot und rempeln einen meist rücksichtslos an. An einem Tag jedoch ließ es sich nicht vermeiden, ich musste einige hundert Meter durch die Stadt laufen um zu der Wohnung meiner Schwester zu gelangen. Ich habe keinen besseren Parkplatz gefunden gehabt, und dies war nun einmal der schnellste Weg. Ich habe auf dieser kurzen Strecke, die im Höchstfall 5 Minuten gedauert hat, folgendes beobachtet:

Teil 1

Im Parkhaus fing es schon an. Ich möchte das Parkhaus verlassen nach dem ich mich mit viel Stress in einer viel zu kleine Parklücke gequetscht habe. (Parken ist ja scheinbar nicht jedermanns Sache und somit ist der zur Verfügung stehende Platz recht gering.) Aber das ist gar nicht so einfach, vor allem wenn die ganzen Massen wildgewordener Damen mit ihren dicken, gefüllten Einkaufstaschen sich in das Parkhaus drängen, gaggernd, lachend oder noch in ihrem Einkaufswahn und einfach nicht guggen, wo sie hinlaufen. Wäre ich nicht mehrfach auf die Fahrbahn der Autos ausgewichen wäre ich denke ich nie da rausgekommen, oder wäre versehentlich in einer der riesigen Einkaufstüten gelandet.

Teil 2

Vor mit läuft eine kleine Gruppe Menschen, vier an der Zahl, nebeneinander. Ja nebeneinander. Die ganze Einkaufsstraße voll. Die Stadt voll, aber die Gruppe latscht ganz gemütlich, natürlich sehr langsam und braucht die komplette Breite des Weges. Um an ihnen vorbeizukommen muss man entweder quetschen oder etwas sagen. Warum kann man hier nicht ein wenig Rücksicht nehmen?

Teil 3

Zwei Trümmer kommen auf mich zu. Große, breite Menschen, ich schätze pro Person das Vierfache von mir. Nicht einmal sonderlich dick, aber einfach … egal. Wie goldig und gleichzeitig erschreckend die beiden doch sind, wenn sie so Hand in Hand nebeneinander herlaufen. Die Trümmerdame guggt aber nur in der Gegend herum, nicht jedoch vor sich auf ihren Weg. Sich sicher fühlend an der Hand des dazugehörigen Trümmermannes schwenkt sie aus wie ein LKW Anhänger und kommt geradewegs auf mich zu. Ich gerate etwas in Panik, links und rechts vor lauter Menschen keine Ausweichmöglichkeit und ich bin mit meiner „normalen" zierlichen Größe nicht einmal in der

Nähe des Sichtfeldes der Riesin. Doch kurz vor mir macht sie einen Schwenker, durch Zufall, denn gesehen hat sie mich definitiv nicht, und überrollt mich somit glücklicherweise nicht.

Teil 4

Ein Mann steht vor einem Geschäft, wartet wohl auf seine Frau. Er hat eine Pfeife in der Hand. Er stellt sich aber nicht „vor das Geschäft" so dass es niemand stört, sondern VOR das Geschäft. Mitten vor die geöffnete Tür, die natürlich so auch nicht mehr zugeht, den ein- und austretenden Leuten im Weg, bläst permanent seinen Qualm in den Laden und auch auf die Leute die heraus wollen.

Stolz auf Kinder

Kinder sind etwas Besonderes. Verstehe ich. Kinder sind etwas Tolles. Verstehe ich. Kinder sind das Beste was es gibt. Verstehe ich. Kinder sind... ok es ist ja jetzt auch einmal wieder gut! Wirklich liebe Eltern, es ist absolut nachvollziehbar wie stolz jedes einzelne Elternteil von

Ihnen auf seinen Sprössling ist. Aber Ihr müsst das doch nicht tagtäglich jedem permanent unter die Nase reiben. Die, die selbst Kinder haben wissen das auch, und die, die keine Kinder haben sind vielleicht irgendwann einmal etwas genervt davon.

Ein Kollege von mir beispielsweise ist super nett, aber auch einfach zu stolz auf seine Kinder. Woche für Woche, Tag für Tag erzählt er jedem irgendetwas über seine Kinder. Er zeigt uns Bilder von den Zwergen und von deren gebastelten Sachen. Und er zeigt uns selbstgedrehte Videos. Ist wirklich in Ordnung und auch goldig, aber nicht am laufenden Band. Letzt kam er wieder zu mir, total aufgelöst, er möchte mir gerne etwas zeigen. Ich ließ mich darauf ein und schaute auf sein Handy. Ein Video von seinem Kind. Das Kind planschte mit Schwimmflügeln auf dem Arm der Oma, oder Tante oder was auch immer, im Wasser. Es war ein Schwimmbecken in einem Hallenbad. Schön. Ganz goldig wie es da mit seinen Armen und Beinen gestrampelt hat und sich über das Wasser gefreut hat. Aber ich wartete voller Spannung auf das „Besondere". Doch es kam Nichts. Ich sah noch ganze weitere 5 Minuten lang das Kind in dem Wasser planschen, auf dem Arm der Verwandten. Als ich dann fragte ob noch was passieren würde schaute mein Kollege mich etwas verständnislos an und meinte: „Das ist doch toll!" Okay. Na dann.

Unverständnis

Meine Freundin hat Angst vor bellenden Hunden. Grund: Sie wurde als Kind einmal gebissen. Und das tat höllisch weh. Ist also nachvollziehbar, dass wenn sie einen großen Hund sieht, oder auch ein kleiner bellender Hund auf sie zukommt, sie Angst bekommt und die Straßenseite wechselt, oder man ihr die Angst zumindest anmerkt.

Eines Tages war es wieder einmal so, es kam eine Frau mit ihrem Hund meiner Freundin entgegen. Der Hund war nur am kläffen. Schlimm genug, dass das so oft vorkommt. Meine Freundin konnte ihre aufkommende Angst nicht verbergen, als die Besitzerin sie angiftete was das Theater soll, nur weil ein Hund mal bellt verhalten sich manche Leute als seien es blutrünstige Wolfsbestien, die einen umbringen wollen.

Unglaublich, Leute. Wenn eure Kläffer permanent nur die Gegend volllärmen stimmt da doch etwas nicht. Erzieht eure Hunde und kümmert euch gescheit um sie. Zudem ist es wohl das Mindeste, wenn jemand Angst vor einem Hund hat etwas Anstand und Verständnis zu zeigen. Schließlich weiß man ja nicht, was derjenige womöglich Schlimmes erlebt hat. So gut wie jeder Mensch hat vor irgendetwas Angst. Aber denjenigen noch so anzumachen ist echt das Letzte! Würdet ihr diese Energie lieber in die Hundeerziehung investieren wären nicht so viele Leute an genervt von dem ständigen Hundegebelle überall.

Kassenbon

Neulich im Drogeriemarkt. Eine Kundin bekommt von der Kassiererin einen Kassenbon. Wenn man diesen nicht benötigt, kann man das sagen. Aber es schien, als hätte sie ihren Kassenbon einfach liegen lassen oder nicht gesehen. Gut gemeint nahm ich ihn und habe ihn ihr "hingeworfen" wenn man das so sagen kann, direkt vor sie auf ihre Ware. Doch statt sich zu freuen oder zumindest anstandshalber diesen Zettel einzupacken und ihn daheim wegzuwerfen hatte sie mich nur dumm angeguggt und ihn wieder liegen lassen, als wüsste sie nicht was das sei oder als sei er unsichtbar.

Unglaublich, Leute. Auch wenn es nur ein Kassenzettel ist. Entweder macht eure Klappe auf und sagt den Menschen an der Kasse dass ihr diesen nicht benötigt oder packt ihn ein! Die Kasse und die Warenauffangstelle ist zum einpacken und kassieren gedacht. Das ist keine Mülhalde!

Wie erholsam ein Hotel doch ist

Ich war geschäftlich mit ein paar Kollegen in einer anderen Stadt, und auch über Nacht in einem Hotel. In diesem Hotel waren selbstverständlich auch noch andere Leute. Eine Horde alter Frauen um genau zu sein. Schätzungsweise ab 60-70 Jahren. Erst haben sie sowohl den Fahrstuhl, als auch die Tür zum Treppenhaus belagert und keinerlei Anstalten gemacht uns mit unseren Koffern mal durchzulassen. Danach haben Sie, als sie sich irgendwann mal auf Ihre Zimmer bequemt hatten, gemeint, sie müssen sich auf den Gängen noch lauthals gaggernd unterhalten. Am nächsten Morgen ging das Gegagger dann weiter, am Frühstücksbuffet. Nicht am Platz, direkt vor dem Buffet, so dass andere nicht an die Sachen konnten.

Als die alten Schachteln dann endlich ihren Schönheitsschlaf angetreten sind, dachte ich super, endlich kann ich schlafen. Kaum war ich am einschlafen, hat ein Elefant das Hotel betreten und ist durch die Gänge gestiefelt. Wie furchtbar sich das angehört hat ist schwer zu beschreiben. WOOM... WOOM... WOOM... mit kurzen Pausen dazwischen. Ich musste schauen, nicht das ich mich in einem Horrorfilm befinde und da ein Zombie durch den Gang wandelt. Nein, es war ein etwas fetter Trampel mit lauten Stiefeln. Klingt das gemein? Sorry, Leute. Aber wenn jemand mit einem solchen Gewicht, dass derjenige nur so langsam laufen kann auch noch Absatzschuhe trägt, die nur wenige Zentimeter haben aber so extrem laut sind und damit Leute aus dem Schlaf reist, muss man eben mit sowas rechnen. Immer noch gemein, denkt ihr? Denkt ihr das auch, wenn ich euch sage, dass diese Person nicht ein Mal, auch nicht zwei Mal oder drei Mal den ganzen Gang hin und her gelaufen ist mit unterschiedlichen Zeitabständen? Nein. Sowohl abends als auch früh morgens ging das mindestens (!) vier Mal. Wahrscheinlich zum Frühstücksbuffet, dann zurück. Dann festgestellt doch nicht satt, wieder zurück, wieder in das Zimmer, usw. Ich habe es mir nicht nehmen lassen das Wort „Ruhe" in den Gang zu rufen, als ich zum mehrfachen Male aus dem Schlaf gerissen wurde. Daraufhin hatte man klar gehört, wie die Elefantendame auf Zehenspitzen durch die Gänge stolziert ist. Immerhin.

Unglaublich, Leute. Nehmt doch Rücksicht auf andere Gäste. Normal Hotels in Städten sind doch nicht automatisch Urlaubsdomizile. Es gibt auch Menschen die am nächsten Tag arbeiten müssen.

Straßenfest

Hunde auf dem Straßenfest

Es ist Sommer, ein Straßenfest in einer Stadt steht an. Vielleicht war es auch ein Stadtfest, wie auch immer, es war richtig viel los. Wir standen in einer kleinen Gruppe mit den Eltern bei einem Getränk und lauschten der Musik, als sich eine Frau mit Ihrem Minihund durch die Menge quetschte. Abgesehen davon, dass so ein kleiner Hund der kaum größer als ein Kaninchen war schnell tot getrampelt werden könnte, und sicherlich vor lauter Beine nichts sieht und massive Ängste ausstehen musste, war er wie eine Puppe angekleidet. Furchtbar, und das bei der Hitze. Ich sagte nur vor mich hin: „Der arme Hund.", und wurde prompt von der Besitzerin, die sich wie eine Furie umdrehte, angepampt: „Das ist kein armer Hund! Der ist das gewöhnt!". Okay, ich muss mich verbessern. Der arme, arme, arme Hund…

Netter Toilettenhüter

Als Anwohner eines Kreises, welcher jedes Jahr ein riesengroßes Weinfest veranstaltet, gehe ich zumindest einmal kurz über das Fest. Doch so eine Frechheit habe ich bisher nicht erlebt. Ich versuche es gut möglichst zu beschreiben:

An einen der WC´s in einer Halle wurde 50 Cent verlangt. Per Vorauskasse. Soweit in Ordnung, ich habe den Mann der dort stand und für seine harte Arbeit hart geschuftet hat und gierig die Hand ausstreckte höflich gefragt warum man nicht beim Rausgehen zahlt, denn ich weiß so ja nicht, ob die Toiletten auch sauber sind. War nicht einmal böse gemeint, aber so ist es auf Festen eigentlich üblich. Normerlweise sind diese 50 Cent freiwillig, und jeder gibt diese auch gerne, sofern man nicht eine totale Katastrophe erlebt. Daher hatte mich das einfach nur interessiert. Da schob mich der Mann grob bei Seite und pampte mich an, ich solle doch wo anders auf Toilette gehen. Ich musste jedoch schon eine Weile sehr dringend, also ging dann durch. Normalerweise hätte ich gleich weggehen sollen. Zumal ich lediglich etwas wissen wollte. Als ich dann durch ging und um die Ecke traf mich der Schlag. Ob es 40 oder 50 Frauen waren weiß ich nicht, aber weniger standen da nicht in der Schlange und das nur bis zur nächsten zu sehenden Ecke. Selbstverständlich war ich nicht bereit mich da anzustellen und ging wieder hinaus. Ich bat höflich um meine 50 Cent, da es zu voll sei. Doch der Mann pampte mich an ich bekäme gar Nichts, wir waren schließlich drin. (Meine Schwester war noch dabei.) Wir waren OFFENSICHTLICH nicht auf der Toilette die Zeit hätte nicht einmal gereicht sich die Hose vom Arsch zu ziehen und das wusste dieser Mann ganz genau. Er hat uns trotz Diskutiererei unser Geld nicht zurückgegeben. Ich will jetzt nicht sagen dass es ein mittelalter Mensch war, der offensichtlich nicht aus diesem Land kommt, denn dann würde ich verpönt werden. Mir geht es auch nicht um die 50 Cent, ich unterstützte die Stadt oder wen auch immer gerne und sehe ein, dass ich für jeden Toilettengang bezahle. Ich schätze auch die Arbeit der Reinigungskräfte, habe selbst auch schon geputzt. Aber so ein Verhalten geht gar nicht. Wir waren dann später noch auf einer anderen Toilette, auf der wir sehr höflich behandelt worden sind und auch gerne unsere 50 Cent gegeben haben. Es saßen dort alte Leute, die sich ihre Rente etwas aufbessern wollten.

Ich meldete die Angelegenheit der Stadt, denn schließlich war die Halle von dieser aus vermietet oder vermittelt worden um die sanitären Anlangen nutzen zu können. Ich habe nie eine Antwort erhalten. Künftig pinkel ich eben auf die Straße.

Unglaublich Leute. Ich bin eine kleine Frau weniger als 1,60 m Größe und wie schon erwähnt weniger als 50 kg, hatte an dem Tag keinen Tropfen Alkohol getrunken, habe mich benommen und wollte einfach nur auf Toilette und dazu etwas wissen. Ich wurde 1) unhöflich behandelt 2) tätlich angegriffen (kein fremder grober Mann hat mich anzufassen und zu schupsen) 3) wurde ich bestohlen! Auch wenn es nur 50 Cent sind! Das ist unverschämt und nicht akzeptabel.

Die Brezel

Auf unserer Arbeit gab es hohen Besuch. Da wird natürlich aufgetischt, unter anderem Butterbrezeln. Nett wie die hohen Kollegen sind, lassen sie das niedere Volk (nicht negativ gemeint) die Reste verputzen. So stellten die Kollegen uns die Butterbrezeln auf einem Tablett in die Küche.

Es hab Kollegen, die sich dankbar die Brezeln einverleibten. Allerdings wollten sie netterweise nur eine halbe Butterbrezel. Also aßen sie auch nur eine halbe. Die andere Hälfte wurde dann aber nicht weggeräumt, oder auf das Tablett gelegt. Nein. Die angefressene Brezel wurde teils auf der Serviette, und teils auf den Tisch abgelegt. So verschoben, dass wenn man sie anlangt noch in die Butter greift. Ferner war der Tisch voller Butter und Salzkrümel. So lag die Brezel dann tagelang. Undankbares Volk. Es gab schon lange keine Reste mehr…

Leider ist auf dem Foto die Schmiere auf dem Tisch nicht zu erkennen:

Liebe Frau Nachbarin

Diese unglaubliche Geschichte, bzw. Geschichten, liebe Leser, möchte ich euch keinesfalls vorenthalten. Unsere liebe, neugierige Nachbarin (bereits in dem Kapitel „Krach zur Mittagsstunde, oder wann auch immer – Teil

7", sowie „Ein Vogel – oder zwei" von ihr berichtet) hat eine Vorliebe für Dekoration. Dies lässt sie heraushängen, in dem sie das komplette Treppenhaus voll klebt, hängt und stellt. Die ganze Tür und Eingangsbereich aus Glas der Hausfront ist wie schon erwähnt mit Kindergartenbildern, wie beispielsweise aus der Zeitung ausgeschnittene Biene Maja, Blümchen oder gebastelten Obstkörben (oder war es eine Schnecke mit etwas Obst auf dem Rücken?), Häslein oder sonst irgendwas vollgeklebt. Dazu hängt ein Clown, eine Deutschland Glocke und sonst irgendwelche Sachen am Treppengeländer. Auch die Pinnwand wird immer mit Zeitungsartikeln, Stellenanzeigen (warum???) und sonst irgendeinem Müll vollgehängt. Mein Partner hatte aus eigener Tasche eine neue Pinnwand gekauft, da die alte doch etwas ranzig ausgesehen hat. (Die alte Pinnwand meine ich... obwohl........) Ich habe mich darüber zwar immer amüsiert, aber nie etwas zu der alten Dame gesagt. Soll sie ihren Spaß haben. Nur die Sachen von der Pinnwand habe ich meistens entfernt.

Aber nun der Reihe nach.

Garagenabstandshalter

In der Tiefgarage die von der gesamten Wohnanlage (mehrere Häuser) zugänglich ist und jede Wohnung einen festen Garagenplatz hat, ist der Platz meines Partners direkt an der Wand. Von der Decke hängt eine Schnur mit einer kleinen Kugel. Dies dient als Abstandshalter. Das hat den Sinn, dass der Autofahrer genau weiß, wie weit er mit seinem Auto vorfahren kann um nicht an die Wand zu fahren, aber so weit wie möglich an dieser parken kann. Das stellt man sich einmal ein und kann dann soweit vor fahren, bis die Kugel an die Schreibe kommt. Richtig praktisch, ich kannte das vorher nicht.

Praktisch ist das allerdings nur, wenn nicht die neugierigen alten Weiber wie unsere Frau Nachbarin meinen, sie müssen da ein Schleifchen hinein knoten, damit es „schöner aussieht", und damit den Abstand manipulieren! Glücklicherweise hatte mein Partner schon ein komisches Gefühl und war sehr vorsichtig und langsam unterwegs, als er an dem Tag einparkte und ist nur ganz leicht mit dem Nummernschild an die Wand gekommen. Da hat es aber ein Donnerwetter gegeben. Schade, dass ich da noch nicht dort gewohnt habe und das mitbekommen habe.

Katzenschwindel

Als wir eine unserer Katzen vermissten, tat sie Folgendes: Sie klebte eine lebensgroße Katze unten an die Glasfront an die Tür, so dass es auf dem ersten Blick aussah als ob wirklich eine Katze vor der Tür säße. Und das, nachdem wir einen Zettel an die Tür hingen mit Bildern unserer Katze und dem Hinweis, dass wir sie vermissen und die Nachbarn diese, sollte sie vor der Tür sitzen bitte hereinlassen lassen sollen. Wir haben jeden Tag gesucht, gebangt und gelitten und diese Frau hat mir wirklich so einen Schrecken eingejagt. Ich kam die Treppen herunter und sah das Bild. Mir ist in der ersten Sekunde vor Freude das Herz stehen geblieben bis ich den Schwindel schnell bemerkte.

Als sich sie jedoch kurz darauf sah und sie mich noch frecher Weise ansprach, wie lange wir denn den Zettel da noch hängen lassen wollten habe ich ihr wirklich sehr höflich gesagt dass das nicht so toll war weil ich dachte, dass die Katze zurückgekommen ist. „Warum, sieht man doch dass die nicht echt ist, die ist von einem Zeichenblock ausgeschnitten", war die Antwort. Ich sagte ihr noch, dass wir den Zettel nun eben noch solange da hängen lassen wir es für richtig halten, da meinte sie doch tatsächlich: „Die Katze kann ja auch nicht lesen". Ich wäre ihr am liebsten mit dem nackten Arsch in ihr dämliches Gesicht gesprungen, aber wie immer habe ich des Friedens willen meinen Mund gehalten, und einige Tage später den Zettel weggemacht. Die Katze kam bis heute leider nicht mehr wieder, die Nachbarin jedoch ist immer noch da.

Unglaublich, Leute. Einfach mal das Hirn einschalten! Zum Glück habe ich die Frau an dem Tag mit dem Katzenbild nicht gesehen. Ich weiß nicht ob ich noch freundlich geblieben wäre. Ich frage mich auch bis heute, wie ich so ruhig bleiben konnte nach ihrem hirnverbrannten Kommentar über nicht Lesen könnende Katze. Manchmal sollte man erst denken bevor man redet, oder etwas tut. Ich kann mir nicht vorstellen, dass jemand einem so etwas mit Absicht antut. Aber ebenso wenig kann ich mir vorstellen, dass jemand so bescheuert sein kann.

Neugierde

Nicht nur voller Deko-Wahn, auch die blanke Neugierde treibt die Frau an. Steht mein Partner in seinem Keller, den er extra mit Spanplatten ausgekleidet hat damit nicht jeder hineinschaut und bastelt etwas, kommt die Alte an geschlappt und schaut in den Keller und fragt ihn noch scheinheilig, was er tut. Nur damit Sie in der Zeit reinschauen kann wie der Keller aussieht.

Steht im Flur unter den Briefkästen ein Paket von einem Nachbar, egal ob dies weg geht oder gekommen ist, ist unsere neugierige Nachbarin nicht weit. Ich selbst konnte sie schon mehrfach zufällig beim nach Hause kommen dabei erwischen, wie sie ihren neugierigen

Kopf hineingesteckt, oder bei geschlossenen Paketen diese bis ins Detail inspiziert hat. Wo sie doch genau weiß, dass es weder für sie, noch von ihr ist.

Wie schon erwähnt geht sobald jemand das Haus betritt, oder am Briefkasten ist, ihre Wohnungstür (Erdgeschoss) auf und der Kopf wird herausgestreckt. Außer bei mir, den Zahn habe ich ihr inzwischen gezogen, naja zumindest eine Zeit lang. Dazu nachher mehr. Mein Partner hatte in der Wohnung renoviert (er ist im Gegensatz zu ihr Eigentümer) und altes Material in den Keller tragen wollen. Da es doch etwas sperrig war, hatte er es in der Mitte vom Haus auf der 1. Etage im Treppenhaus kurz zwischengelagert. (Wir wohnen ganz oben in der 2. Etage in diesem 6 Familienhaus) Da ging natürlich prompt die Tür unten auf und mein Freund konnte aus dem Augenwinkel sehen, wie unten im Treppenhaus der neugierige Kopf der Alten nach oben glotzte, was da vor sich geht. Er hat sie allerdings gekonnt ignoriert und sich seinen Teil gedacht. Hätte er zu ihr gesehen, hätte sie ihn womöglich in ein Gespräch verwickelt.

Vollgetexte

Da wir gerade bei dem Thema sind, das macht die Gute nämlich des Öfteren, Leute abfangen und voll texten. Ich bin schon in den Keller gegangen, da stand ein Nachbar bei ihr und wurde beschallt. Das künstliche falsche Lächeln von ihm war nicht zu übersehen. Es war eindeutig, dass er da nicht stehen wollte und nur aus Höflichkeit lächelte. Aber das merkte Frau Plappermaul nicht. Doch er hat es sich gefallen lassen, also ist er selbst schuld. Als ich mit meiner Wäsche fertig war und aus dem Keller kam, stand der Arme immer noch.

Bei mir ist sie damit bisher nicht weit gekommen, da ich mir die Zeit nicht genommen habe und immer einfach weitergelaufen bin mit einem, wenn überhaupt, kurzen knappen Kommentar als Antwort auf Ihre meist saudummen Fragen oder Aussagen. Beispielsweise kommt sie, wenn sie aus dem Fenster sieht es kommt jemand nach Hause, die Tür raus, geht, wie immer, an den Briefkasten. Anfangs noch mit dem Kommentar „Oooh Hallo, ich dachte das wäre die Post." Ja klar, ich trage nie gelb und habe auch kein gelbes Auto, was sie genau aus ihrem Fenster aus beobachten kann, bevor sie zum X-ten Mal an dem Tag zum Briefkasten geht, um „nach der Post zu schauen".

Brieffreundschaft

Eines Tages kam ich mal wieder in das Haus und entdeckt auf den Briefkasten eine Kerze, die vor Kurzem wohl noch an war. Das ging zu weit, dachte ich mir. Schließlich ist das eine Gefahr für jeden im Haus und stellte die Kerze auf die Seite. Zufällig hing auch wieder ein ausgeschnittener Zeitungsartikel an der Pinnwand, die nun mal eben nicht für sowas gedacht ist, den ich ebenfalls entfernte. Am nächsten Tag hing folgender Zettel an der Pinnwand (!):

(Wörtlich abgeschrieben:)

„Hallo! Hildegunde!

Bisher haben wir friedlich im Haus 14 (Hausnummer, erst falsch geschrieben, 16, dann verbessert) *zusammen gewohnt. Niemand hat sich an der Deko gestört. Also lass das.*

Oder soll ich einmal nach deinem Schuh-Schrank auf dem Fluhr nachschauen, was mich stört?

31.10.2016 (es war der 30. ...)*"*

Zur Erklärung: ich hatte bei Einzug bei meinem Partner noch ein Schränkchen über, für das wir keinen Platz mehr fanden und haben dies in Absprache mit unserem Nachbar nebenan eben vor die Tür gestellt. Der Flur (ohne „h") ist breit genug, dass trotz dem Schrank noch über ein Meter Platz ist. Zudem sind wir die Letzten oben, es muss also niemand mehr vorbei. Interessant nur, dass eine Frau die kaum die Treppen hochkommt, weiß, was sich in unserem Schrank befindet. Er hätte auch leer sein können.

Unglaublich. Ich war so sauer, dass ich natürlich erst einmal geklingelt habe und sie gefragt habe was das soll. Es kam natürlich kein Gespräch zustande, denn die Frau war weder einsichtig, noch einer Lösung gesonnen sondern beschuldigte mich noch ihre Beiträge von der Pinnwand zu nehmen, wo sie auch Recht hatte, was sie aber eigentlich nicht wissen konnte. Mal wieder des Friedens willen ging ich wutentbrannt von Dannen. Ich wollte nichts sagen, was die Frau eventuell verletzten könnte also beschloss ich erst einmal darüber zu schlafen. Nach 2 Nächten habe ich ihr dann einen Zettel eingeworfen. In ihren Briefkasten, sie schaut ja so gerne nach der Post. Ich schrieb ihr sehr höflich und natürlich per Sie, dass Sie mich verärgert hatte, und es bitte unterlassen solle mir persönliche Nachrichten via Pinnwand zukommen zu lassen, sondern zu mir kommen solle, wenn Sie etwas mit mir besprechen möchte. Ich fragte Sie, woher sie denn wisse, was in unserem Schrank sei. Ebenso dass ich nie etwas gegen Ihre Dekogegenstände zu ihr gesagt habe. Das ich nur die Kerze weg habe wegen der Brandgefahr und die Pinnwand nicht für Zeitungsschnipsel vorgesehen ist, zumal die von meinem Partner der optischen Ordnung halber selbst finanziert wurde. Ebenso, dass ich keinen Streit möchte aber jeder im Haus das gleiche Recht habe und sie mich bitte ebenso akzeptieren soll wie ich sie auch akzeptiere. Ach ja, bei der Gelegenheit erwähnte ich gleich nochmal, dass ich kein Abfangen im Treppenhaus wünsche, damit das nicht wieder los geht. Ich war noch freundlich, schrieb, dass ich auch ein freundliches Miteinander hoffe und wünschte ihr noch eine schöne Restwoche. Für mich war die Angelegenheit damit erledigt. Das Schreiben war höflich und bestimmend. Aber nicht frech oder sonst irgendwas.

Kurze Zeit später landete mein Brief in meinem Briefkasten, handschriftlich von ihr darunter geschrieben, ich solle sie mit meinen Lügen und Unterstellungen nicht belästigen. Ich habe es bis heute zwar nicht verstanden, aber mich auch nicht weiter darum geschert. Ich habe an einer Brieffreundschaft kein Interesse. Wenn ich die Dame sehe, sage ich guten Tag, denn ich habe Anstand gelernt. Mehr möchte ich mit ihr eh nicht zu tun haben.

Unglaublich, Leute. So wenig Respekt und Anstand anderen gegenüber, und das in so einem Alter. Da sollte man doch von ausgehen, dass das vorhanden sein sollte.

Brandgefahr

Das mit den brennenden Kerzen hörte natürlich nicht auf, im Gegenteil. Gerade erst Recht brannte am nächsten Tag wieder eine Kerze unbeaufsichtigt im Treppenhaus über den Briefkästen. Ich ließ sie brennen. Doch als ich die Post holte, ging natürlich wieder die Tür auf, und als ich nach oben laufen wollte, kam die Schachtel wieder aus der Wohnung, um „angeblich" an den Briefkasten zu gehen. Es war abends lange nach 21 Uhr wohlgemerkt, und sie holt ihre Post alle halbe Stunde am Nachmittag... Reine Kontrolle, ob die Kerze noch brennt oder ob ich böse Person sie wieder weggestellt habe. Ich habe nichts gesagt, außer „guten Abend".

Ich habe der Hausverwaltung eine Nachricht geschrieben. Ich wollte wie schon länger geplant erfragen, ob ich das Schränklein im Flur stehen lassen darf. Es kam eine Absage, auf Grund der Brandschutzverordnung. Ich sah das selbstverständlich ein und entsorge das Schränkchen daraufhin umgehend. Ich wollte nachdem ich wusste, dass neugierige Menschen Ihre Griffel daran taten, eh nichts mehr an Eigentum unbeaufsichtigt im Hausflur wissen. Bei der Gelegenheit erwähnte ich noch bei der Hausverwaltung, ohne Namen zu nennen, dass eben des Öfteren unbeaufsichtigte Kerzen im Hausflur brennen. Es kam keine Reaktion.

Ob aus Trotz oder aus Dummheit kann ich nicht sagen, aber es brennten immer öfter Kerzen im Flur. Ich meldete dies nach kurzer Zeit wieder an die Hausverwaltung denn ich bekam es langsam mit der Angst zu tun. Keiner würde es merken, sollte es anfangen zu brennen. Und zufällig kam mittags ein Bericht im Fernsehen, dass ein Mehrfamilienhaus abgebrannt sei, auf Grund eines Feuers aus dem Hausflur. Die Bilder waren nicht schön. Doch es kam wieder keine Reaktion.

Unglaublich, Leute. weiß nicht was ich schlimmer finde, dass die Mieterin so unverantwortlich handelt und teilweise bis spät in die Nacht Kerzen brennen lässt (direkt unter Ihrer Papier-Deko im Flur), oder dass die Hausverwaltung es nicht interessiert, dass eine permanente Brandgefahr herrscht. Ich hoffe nur, dass nichts passiert, denn wir oben sind dann die, die keine Chance haben zu entkommen.

Urlauber

Urlaub ist wichtig. Besonders für solche berühmten Autoren wie mich. Daher haben wir uns entschieden unser ganzes Geld zusammen zu kratzen und uns einen richtig tollen Urlaub zu gönnen. Eine Fernreise soll es werden. Nach 1-2 Jahren war das Geld gespart und der Urlaub gebucht. Es ging los, wir kamen an, das Wetter war bombastisch auf der kleinen überschaubaren Insel, welche in circa 30 Minuten komplett umlaufen werden konnte.

Teil 1

Jedes Zimmer hatte seine eigene zugewiesene Liege am Strand, welche nummeriert waren. Wunderbar. Wir gingen kurz in das schöne, warme Wasser. Aber wenn ihr denkt wir hatten Ruhe, irrt ihr euch. Eine kleine Gruppe Chinesen kam an und war ungefähr 3 Stunden damit beschäftigt, von sich selbst laut lachend Bilder zu schießen. Und mit laut lachend meine ich auch laut lachend! Das war ein Gegagger. Aber als eine der Damen (es war auch ein Herr dabei) irgendetwas auf unserer Liege ablegte, auf der sich unsere kompletten Sachen wie Handtuch, Bücher, Sonnenbrillen etc. befanden, rastete ich aus. Ich sprintete ebenso laut schreiend aus dem Wasser auf die Frau zu. Leider ist sie das Schreien wohl so gewöhnt, dass sie sich nicht sonderlich beeindrucken ließ und mich erst nach einiger Zeit bemerkte. Sie hob ihr (ich erkannte dann erst was es war) Handy von unserer Liege auf, bruddelte irgendetwas und verdrückte sich.

Teil 2

Überall an den Cafés und Restaurants steht in allen möglichen Sprachen angeschrieben, dass man doch bitte angemessen gekleidet zum Essen kommen soll, sprich nicht im Bikini, nackter Oberkörper und so weiter.

Für die ganz Doofen gibt es auch Bilder, wie zum Beispiel das:

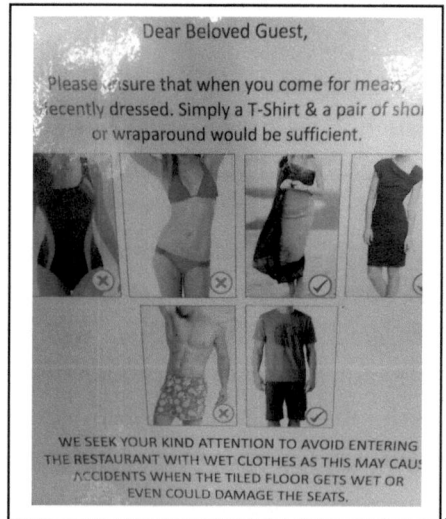

Mehr als die Hälfte der Personen kam ohne Schuhe, in teilweise nassen Badesachen, wenn man Glück hatte war ein durchsichtiges Stück Stoff drüber. Aber das hätten die Damen sich auch sparen können.

So halb nackt sind die Leute dann am Buffet gestanden und haben sich dort bedient. Die Angestellten freuen sich über jeden Euro Trinkgeld und werden sich dann natürlich hüten was zu sagen.

Teil 3

Ebenso ignorant sind die Leute was Korallen angeht. Abgesehen davon, dass bekannt ist, dass diese nicht mitgenommen und schon gar nicht beschädigt werden dürfen, gibt es auch hier Schilder.

Wenn ihr jedoch denkt, dass die Leute das abschreckt und sich an die Regeln halten, vergesst es. Beim Schnorcheln wird sich drauf gestellt, es werden Teile abgebrochen, darauf herum getrampelt. Ach ja, den Müll nicht zu vergessen, den man bei dieser riesen Insel ja noch in das Meer werfen muss.

Teil 4

Das auf einer Insel, die so klein ist und ein Flug dorthin auch nicht unter 9 Stunden dauert, die Urlauber Ruhe suchen könnte doch eigentlich klar sein, oder? Warum dann in Herrgotts Namen muss man dann mit kleinen Kindern und Babies auf so eine Insel? Zu viel Geld übrig oder was?

Ich spare jahrelang für so einen Urlaub um mir dann permanent Kindergeschrei anhören zu müssen, im Flugzeug mal abgesehen. In unsrem eigenen Land gibt es genug Möglichkeiten zum Urlaub machen. Auch in naheliegenden Ländern gibt es das. Es geht mir nicht in den Kopf wie man mit Kleinkindern stundenlang im Flugzeug sitzen muss. Ich bin noch nicht oft geflogen. Aber der einzige Flug der ohne permanentes Kindergeschrei war ist mein erster Flug gewesen, und der ist nun 7 Jahre her.

Aber nicht nur das. Die Kids müssen ja auch durch das Restaurant rennen, wo die Angestellten aufpassen müssen dass sie nicht mit dem Tablett voller Getränke stürzen. Aber was alles noch toppt: Ein Baby das in Windeln zum Essen getragen wird. Kein Stoffhöschen oder ein kleines Röckchen drüber, nichts. Und wenn die Mutter dann mit dem Kind auf dem Arm an den sitzenden und essenden (!) Gästen vorbei läuft haben diese dann eine (eventuell schmutzige) Windel im Gesicht. Lecker.

Unglaublich, Leute. Ihr entscheidet euch für Kinder, wollt aber auf Dinge wie Fernreisen nicht verzichten. Könnt ihr nicht warten bis die Kinder alt genug sind? Hat man als Eltern so viel Geld übrig? Muss man einem Kleinkind einen ewig langen Flug antun, was schon für Erwachsene nervig ist? Aber selbst wenn ist ja alles schön und gut, kann ja jeder machen was er will. Aber: Kann man dann nicht darauf achten, dass andere Gäste, vor allem die Paare die ihre RUHE wollen nicht gestört werden oder verschissene Windeln beim Essen im Gesicht haben?

Teil 5

Am Flughafen ist für gewöhnlich viel los. Kennt ja jeder inzwischen. Es gibt aber wirklich mehr als genug Leute die meinen, wenn sie einem in der Schlange den Koffer permanent in die Waden schieben, geht es schneller. So auch wieder an dem Rückflugtag unseren letzten Urlaubes. Wir haben in einer Stadt zwischengelandet. Bereits außerhalb war die Kofferkontrolle mit den Kofferscannern und Körperscannern. Dass es da nicht schneller geht wenn gedrängelt wird, ist mehr als logisch. Aber auch hier habe ich von einem Mann mehrfach den Koffer an die Beine bekommen. Als ich mich einmal (!) umdrehte, fragte er mich doch tatsächlich in einem dermaßen patzigen Ton, ob ich ein Problem hätte. Ich antwortete höflich, dass ich bereits 3x seine Koffer an meine Beine gestoßen bekommen habe.

Er hat sich entschuldigt, denkt ihr? Pah, von wegen. Er wurde noch frech, ich solle gefälligst aufrücken. (Vor mir war ca. 40 Zentimeter Platz zum nächsten Passagier)

Ich erklärte ihm nur, dass es nicht schneller ginge wenn ich auch noch den anderen Leuten in die Haken fahren würde und beachtete den Mann nicht weiter, der dann weiter vor sich her bruddelte.

Teil 6

Genauso unverständlich ist es mir vor der Passkontrolle, wo meistens mit Absperrungen ein Zick-Zack vorgegeben ist, in der man sich einreihen soll. Für die die das nicht kennen, es ist ähnlich wie in einem Vergnügungspark. Da kommen wirklich Leute, die durchtrainiert sind, Männlein wie Weiblein, dass sie vor lauter Muskelmasse sich kaum gerade bewegen können und drücken sich unter der Absperrung durch. Das anzusehen ist sehr witzig, da sie sich wirklich anstrengen müssen darunter durchzukriechen, weil sie zu faul sind, 10 Meter mehr zu laufen. Wenn es gut läuft, kann man noch 1-2 Personen den Weg abschneiden und sich vordrängeln.

AUTOFAHRER

Parken auf der Autobahn

Es soll vorkommen, dass morgens zu Stoßzeiten viel Betrieb auf der Autobahn ist. An sich kein Problem. Heute war besonders viel los. Extrem viel. So viel, dass an unserer Abfahrt ein Stau entstanden ist. Kurze Erläuterung: Nach der Abfahrt kommt nach ungefähr einem Kilometer eine Ampel. Dass es sich staut kenne ich, aber dass es sich bis auf die Autobahn staut habe ich so noch nicht erlebt. Die Schlange ging bis auf den Abfahrstreifen. Dieser ging noch ein gutes Stück hinaus, da es gleichzeitig die Auffahrt auf die Autobahn war (von einer anderen Richtung) ich hoffe ihr könnt mir folgen.

Jedenfalls meinte ein Fahrer, natürlich Besitzer eines großes teures Autos, er kann gleich bei einer Auffahrt in der stockender Verkehr herrscht auch die Abfahrt bis vorne hin schießen und versuchen sich möglichst vorne hineinzudrücken. Mit einem dicken Auto hat man schließlich auch Sonderrechte eingekauft. FALSCH. Hier hätte der Gute sich hinten anstellen müssen! Was macht der Idiot? Kommt natürlich nicht gleich in die Schlange hinein (wie auch, die Autos standen schließlich). Also: Der besonders schlaue Autofahrer musste stehenbleiben. Auf der Autobahn! Auf der rechten Spur! Wir, dazu entschlossen erst die nächste Ausfahrt zu nehmen und lieber einen kleinen Umweg zu fahren, mussten hinter dem Bonzenauto stehen bleiben, weil die linke Fahrbahn der Autobahn stark befahren war und wir nicht gleich die Fahrbahn wechseln konnten. Wir standen also auch. Auf der Autobahn!

Unglaublich, Leute. Nur weil ihr euch ein paar Sekunden sparen wollt riskiert ihr Unfälle, verhaltet euch verkehrswidrig und missachtet die Regeln. Tolle Leistung.

Reisverschlussverfahren

Egal ob Baustelle oder nicht. Das leidige Thema Reisverschlussverfahren lässt mir immer vor Zorn die Röte in mein Gesicht steigen. Das kennen doch sicher einige. Damit ein Reisverschluss funktioniert, muss er sich Stück für Stück ineinander verkeilen. Zacken für Zacken. Fällt nur ein Zacken weg, oder ist verbogen oder was auch immer, ist der ganze Reisverschluss unbrauchbar. Meistens zumindest (für die Besserwisser). So ähnlich ist das auch bei Baustellen, Unfällen und so weiter. Wenn aus zwei Spuren eine wird, ist ein Reisverschlussverfahren zwingend erforderlich. Das heißt nicht, dass sich manche Autos (leider mal wieder auffällig oft die Teureren und Größeren), sich irgendwo fast schon riskant reindrücken sollen. Genauso wenig, dass die auf der weiterführenden Spur fahrenden Autos keinen vor sich rein lassen wollen. Wegen solchen Hohlbroten, die genau das nicht kapieren oder es ihnen scheißegal ist, passieren weitere Unfälle und es staut sich nur noch mehr. Dies ist dann, wenn es eh schon eng wird, ziemlich unangenehm für die anderen Autofahrer, die anstatt kurzzeitig stockenden Verkehr dann kilometerlange Staus haben. Würde sich jeder an das Verfahren halten, nämlich bis vorne hin zu fahren und sich dann einer nach dem anderen einzufädeln und einfädeln lassen, könnten viele Staus vermieden werden. Doch so viele haben Angst eine Sekunde Zeit zu verlieren und merken nicht, dass sie sich dadurch das 100fache draufhauen.

Unglaublich, Leute. Habt ihr schon einmal einen Reisverschluss gesehen? Nein? Dann schaut mal im Internet nach oder geht einmal in ein Kleidergeschäft. Mitdenken hilft. Holt euch mal einen Reisverschluss und probt das Ganze einmal „trocken", bevor ihr euch mit euren Fahrzeugen auf die Suche nach riskanten Eindrängelmanövern macht.

Parkhaus

Immer außen rum, immer außen rum. Das ist das Motto wenn man in ein Parkhaus fährt. Warum? Ich muss nicht wirklich erklären wie ein Parkplatz aufgebaut ist und warum es für gewöhnlich eine EINfahrts- und ein AUSfahrtsrichtung gibt, hoffe ich. Bei uns in der Firma beispielsweise haben wir den Luxus neben massig Parkplätzen noch ein eigenes Firmen-Parkhaus zur Verfügung stehen zu haben. Das ist auch nötig, bei der Anzahl Mitarbeiter. Vorne gibt es die AUSfahrt, und ein paar Meter weiter, am anderen Ende des Parkhauses, ist die EINfahrt. In dem Parkhaus gibt es mehrere Etagen und insgesamt vier Reihen auf jeder Etage. Man muss also keinen Kilometer fahren um eine Etage zu durchqueren um auf die Auffahrt zu kommen. Es ist überschaubar. Die Auffahrt ist natürlich genau an der Stelle auch, an der ebenso die AUSfahrt ist.

Außerhalb, über der AUSfahrt sind für die Dummen zwei (!!) „Einfahrt Verboten" Schilder angebracht. Man sollte davon ausgehen, das funktioniert. TUT ES NICHT! Tag für Tag fahren die Leute um die Ecke und anstatt die paar Meter gerade aus in das Parkhaus hinein, fahren sie direkt die AUSfahrt hinein und nach rechts die Auffahrt nach oben. Spart man sich ein paar Sekunden, ein paar Meter Fahrt und klaut vor allem denjenigen, die sich an die Regeln halten, noch die besseren freien Parkplätze.

Klasse. Das Unfallrisiko und den darauffolgenden Stress für den Unschuldigen noch gratis obendrauf.

Unglaublich, Leute. Macht das doch mal in der Stadt, durchbrecht die Schranke, für was gibt es die auch. Fahrt falsch herum ins Parkhaus, scheint doch völlig in Ordnung zu sein. Warum macht ihr es da nicht? Wegen der Schranke? Oder weil es „öffentlich" ist und es Ärger geben könnte? Weil ihr eigentlich ganz genau wisst, das es falsch ist?

Auf dem Parkplatz

Meine Schwester fährt einkaufen. Sie wählt einen Parkplatz, stoppt dahinter, blinkt und macht den Rückwärtsgang rein um möglicherweise kommenden Autos zu signalisieren, was sie vor hat. Prompt kommt auch schon ein Mann angefahren und bleibt stehen. Meine Schwester wartet, möchte ihn vorbeilassen, gibt ihm sogar Zeichen. Schließlich muss der Arme ja nicht warten bis sie eingeparkt hat und muss sich ebenso wenig an ihr vorbeiquetschen, wenn sie gerade einparkt. Denn logischerweise ist dann weniger Platz wenn die Schnauze des Autos vorne wendet. Doch der Typ bleibt einfach stehen, wartet und glotzt doof. Nach einiger Zeit wird es ihr zu blöd und sie parkt ein. Wenn er halt warten will, bitte, dachte sie sich. Doch was macht der Idiot? Fährt los als sie anfing einzuparken und drückt sich genau dann an ihr vorbei, wenn am wenigsten Platz ist und schüttelt dabei noch den Kopf.

Unglaublich, Leute. Rückwärts einparken ist ganz legitim. Und um dies zu signalisieren blinkt der Parkende in die Richtung, in die er einparken will. Wenn sogar noch das Rückwärtslicht leuchtet, sollte es eigentlich jedem, der einen Führerschein besitzt, klar sein, was die Person möchte. Also: warten bis die Leute eingeparkt haben oder vorher vorbeifahren, wenn die Leute schon ein Signal geben. Und nicht alles falsch machen was falsch zu machen geht und sich dann noch künstlich darüber aufregen.

Als Fußgänger

Als Fußgänger hat man es nicht einfach. Hier ein Beispiel, welches ich leider schon oft erlebt habe und es deshalb allgemein halte: Ich möchte eine Straße überqueren und es ist kein Auto zu sehen. In dem Moment, in dem ich auf der Straße bin, kommt ein Auto angefahren. Egal ob die Straße gut befahren, oder ob es vor einer Firma ist, auf einem Großhandelseinkaufsladen oder in einem Ort... die Leute die im Auto sitzen maulen! Manche drücken absichtlich aufs Gas, so dass sie vor mir dann scharf bremsen müssen und meinen, sie sind dann berechtigt zum meckern. Manche versuchen mir noch den Weg abzuschneiden und manche fressen mich mit ihren Blicken förmlich auf.

Unglaublich, Leute! Hellsehen kann ich nicht. Und wenn ich nie über die Straße laufe, weil ja ein Auto kommen könnte, komme ich auch nie vom Fleck. Die zwei Sekunden werden euch nicht euren Lebensplan durcheinanderbringen oder lebensbedrohliche Folgen haben, wenn ich nicht unbedingt in der Nähe eines Krankenhauses die Straße überquere. Und mal ehrlich, wie lange dauert so etwas denn? Ich müsste mich einfach einmal als Schnecke verkleiden und immer dann, wenn einer so glotzt und die Blitze schon den Augen zu sehen sind, mich hinlegen und über die Straße kriechen. DANN gäbe es eventuell einen Grund zu maulen.

Choleriker

Eine Freundin war mitten im Umzugsstress. Sie hatte gerade ihr Auto zum ersten Mal vollgeladen, randvoll, um diese Ladung schon einmal in die neue Wohnung zu bringen. Sie fuhr auf die Straße und musste kurz aussteigen, um das Hoftor zu schließen. Während sie schon auf das Hoftor zuging kam von vorne ein (von mir sogenanntes) dickes Auto um die Ecke gefahren. Ein Nobelschlitten, in dem alte Leute saßen. Er einen Gesichtsausdruck als ob er gerade kacken würde, sie in einen Pelz gehüllt. Meine Freundin nannte ihren Nachbar „ein typischen Pfälzer Knäärzche mit Hut". Das Problem war allerdings: Wenn einer in die Straße fährt, kommt der andere nicht mehr raus. Der Mann hätte also einfach nur kurz warten müssen, dann hätte es keine Probleme gegeben. Aber nein, mit so einem Schlitten hat man auch Sonderrechte mit eingekauft. Also brummte er in die Straße rein, trotz des Wissens, dass es dann für beide nicht weitergeht, stellte sich vor meine Freundin und hielt den Blick grimmig nach vorne. Meine Freundin war mittlerweile auch wieder im Auto und wartete ebenso. Sie konnte ja nicht vorwärts. In den Hof wieder hineinfahren mit dem großen vollgeladenen Kombi ging bei geschlossenem Tor natürlich auch schlecht. Also wartete sie. Falsch gemacht hatte sie schließlich nichts. Sie stand bereits auf der Straße, sowohl mit dem Auto als auch persönlich, als der

Kacktyp die Straße einbog. Wie auch immer. Nach ca. 30 Sekunden stieg der Alte aus, stapfte zu meiner Freundin ans Auto, und nach dem sie netterweise die Scheibe herunterließ motze er sie in einem unmöglichen Ton an. Dass er nicht noch ein Hustanfall bekam vor lauter krächzend zu schreien war alles. Ohne guten Tag oder irgendwas schrie er: „Soll ich die Polizei holen?????" „Warum denn?", fragte meine Freundin. „Sie haben genau gesehen, dass ich komme!", war seine Antwort. Es war zwar ein klein wenig anders gewesen, aber das interessierte den herzlichen netten alten Mann einen Scheiß. Er stampfte wieder an sein Auto zurück. Meine Freundin hätte liebend gerne noch gewartet, aber bekam langsam Zeitdruck. Sie entschied sich also gegen die Konfrontation, der Klüger gibt schließlich nach und legte den Rückwärtsgang ein. Sie schlängelte sich mit dem vollgeladenen Kombi die enge Straße rückwärts hinaus, damit der alte Kacktyp seine Felllady die 2 Meter weiter in ihren Hof kutschieren konnte.

Unglaublich, Leute. Dickes Auto, Sonderrechte oder was? Unhöflichkeit scheint heute auch an der Tagesordnung. Wo ist hier das miteinander? Statt sich zu helfen wird manchmal sogar mit Absicht anderen das Leben schwer gemacht.

Fahrerflucht

Schwerverbrecher

Ich habe einmal Jemand einen Seitenspiegel abgefahren. Das war definitiv keine Absicht. Es kam ein LKW mit einem Seecontainer beladen auf mich zugerast, mitten auf der Straße im Ort und er hätte mich eiskalt gerammt wenn ich nicht ausgewichen wäre. Dabei bin ich leider an den Spiegel eines parkenden Autos gekommen. Es war morgens um 7 Uhr. Ich hätte auch abhauen können so wie es heute alle Idioten machen. Aber nein, ich bin eine ehrliche Haut, und zudem: wir sind schließlich alle versichert! Zumindest sollten wir das sein! Ich hing demjenigen also einen Zettel an seine Scheibe mit meiner Telefonnummer und einer Entschuldigung. Was macht der Depp? Ruft mich daheim, nicht auf Handy, unbekannt an und hat mir aber nicht auf den Anrufbeantworter gesprochen! Wie sollte ich so reagieren? Aber ich bin ehrlich und rief bei der Polizei an um mich zu informieren und mich zu melden. Abgesehen davon das ich angeschissen wurde warum ich nicht die Leute in der kompletten Straße durch geklingelt habe... (Hauptstraße, zig Häuser, morgens um 7 Uhr, ich musste dringend zur Arbeit...) wurde ich aufgefordert schnellstmöglich vorbeizukommen. Da sich bis zum nächsten Tag der Autobesitzer immer noch nicht gemeldet hatte, bin ich dann zur Polizei und habe mich gemeldet.

Zu allem Übel wurde ich dort dann noch wegen Fahrerflucht angezeigt. Von dem Polizisten, bei dem ich saß und mich FREIWILLIG gemeldet habe. Hallo? Ich hab mich doch schon ein Tag zuvor gemeldet gehabt und dem Autobesitzer einen Zettel dran gemacht? Aber das ist Deutschland! Sonst Täterschutz doch wenn man sich selbst meldet, alles richtig machen will gibt es noch aufs Maul.

Es kam im Endeffekt nix bei raus und derjenige hat sich dann nach 3 Wochen noch einmal gemeldet... (und mir da mitgeteilt dass er nicht auf einen Anrufbeantworter sprechen wollte, was mir den ganzen Ärger hätte sparen können!) Ich hab es natürlich dann bezahlt und gut war. Somit war meine Anzeige dann auch hinfällig. Aber hätte alles nicht sein müssen.

Lustig, lustig trallalalaaa

Ein BMW Kombi Fahrer war wieder einmal ein tolles Beispiel wie Leute heute sind: Drei Fuzel in Schicki-Micki Anzügen, zwei Männer und eine Frau, kommen eingebildet in meine Richtung gestiefelt. Ich saß in meinem Auto auf einem großen Parkplatz, wollte noch kurz telefonieren bevor ich losfuhr. Hatte schon irgendwie im Urin, dass die komischen Leute meinen, sie sind etwas Besseres und dass ich mich noch ärgern würde. Nein, Blödsinn. Die doofen Gedanken beiseite und weitertelefonieren, dachte ich mir. Da stiegen die in den fetten BMW direkt neben mir, und der Fahrer dotzte mit seiner Tür an meinen Spiegel. Ich war etwas perplex, hatte ich doch nicht mit so einer Aktion gerechnet, vor allem weil der Mann noch nicht mal geschaut hat, ob er etwas beschädigt hat. Er hat es einfach gekonnt ignoriert. Also klopfte ich an die Scheibe "Äh... halloooo?", und zeige auf meinen Spiegel. Der Mann grinste dumm, machte die Tür 1 cm weg, stieg ein, schloss seine Tür, grinste nochmal dumm zu mir herüber und fuhr weg.

Unglaublich, Leute, aber tja, so läuft das heutzutage. Leider sind ja schon so viele an mein Auto gestoßen, dass ich nie nachvollziehen kann, welche der kleinen Kratzer nun neu sind und welche nicht. Daher würde ich jetzt auch wegen sowas nicht zur Polizei gehen. Aber eigentlich gehört es gemucht. Meint der, weil er eventuell einen Geschäftswagen hat und / oder nicht jahrelang für ein Auto zahlen muss, ist er etwas Besseres und darf sich alles erlauben? Glauben solche Leute, dass kleine Autos nichts wert sind? Früher haben die Herren noch Anstand gehabt und sich, vor allem bei Damen, entschuldigt! Heute wird man noch frech angegrinst.

Und das gleiche nochmal anders

Aber nicht nur die reichen Pinkel. Auch die, die nichts haben und nicht wissen was ein Gegenstand für einen Wert hat, weil sie beispielsweise noch kein Auto haben oder keines selbst bezahlen mussten sind oft so drauf. Hier ist meiner Schwester folgendes passiert:

Ein Junge hat seine Tür gegen ihr Auto geschlagen. Zufällig saß sie auch gerade drin, war dabei noch kurz eine Nachricht zu schreiben bevor sie ihre Einkäufe nach Hause bringen wollte. Sie hat ihn dann vor lauter Schreck und Schock entsetzt angeschaut, denn es war das erste Mal dass ihr so etwas passiert ist. (Sie hatte zu der Zeit ihren Führerschein auch noch nicht so lange) Er grinste darauf hin auch sau doof und meinte nur: „Ist doch nicht so schlimm." Meine Schwester kackte den Junge daraufhin an dass er sich erst einmal selbst ein Auto kaufen solle damit er wüsste was so etwas kostet und das es eine Frechheit ist, kein Respekt vor anderer Leute Eigentum zu haben.

Ob er etwas für seine Zukunft gelernt hat ist allerdings fraglich.

Und nochmal anders

Ich kam aus der Akupunktur Sitzung, war noch etwas benebelt und wollte noch richtig zu mir kommen bevor ich nach Hause fuhr, also blieb ich noch kurz in meinem Auto sitzen. Nie hätte ich geglaubt was mir dann passierte, und vor allem, wie unterschiedlich die eine und selbe Situation ablaufen kann.

Ich stand auf einem eingezeichneten Parkplatz und dachte nur, monoman was für ein Verkehr um die Uhrzeit. RUUUMMMS, knallte eine Autofahrerin an meinen Spiegel und fuhr aber weiter. Sah dann im Spiegel dass ich im Auto saß und hielt dann an. Ich war noch erstaunt dass sie nicht einfach weitergefahren ist als es wieder RUUUMMMS machte. Der nächste ist an meinen Spiegel gefahren, hat aber sofort gebremst und ist gleich an die Seite gefahren.

Autofahrerin, die erste, die sicher abgehauen wäre kam an und meinte, OHNE überhaupt richtig zu schauen: „Ach da ist ja nichts, ist ja nicht schlimm da sieht man ja gar nichts."

Autofahrer, der zweite, kam angestürmt: „Oh je das tut mir so leid, ich bitte um Entschuldigung, bitte es tut mir so leid, ich weiß nicht wie das passieren konnte."

Da mein Spiegel leider eh schon verkratzt war und ich in dem Fall auch nicht eruieren könnte, wessen Schuld jetzt welchen Kratzer war, habe ich es gut sein lassen. Die beiden haben es auch irgendwie gar nicht so richtig kapiert, dass sie mir beide binnen einer Minute hintereinander an den Spiegel gefahren sind. Ist auch fast zu verrückt um es zu glauben.

Zu Fahrerin Nummer Eins sagte ich: „Doch man sieht sehr wohl etwas, aber es ist in Ordnung, lassen Sie es gut sein." Es kam ein flüchtiges Danke, das sicher nicht ernst gemeint war und weg war sie.

Zu Fahrer Nummer Zwei sagte ich, dass ich gar nicht sagen könnte ob er an einem der Kratzer verantwortlich sei, und das das auch nicht so schlimm ist und das er sich kein Kopf machen soll, es ist in Ordnung. Er bedankte sich tausendfach und das war ernst gemeint.

Unglaublich, Leute. Etwas Respekt vor dem Eigentum anderer, bitte. Es sind sicher nicht alle Reichen oder alle Armen so. Aber egal zu welcher „Klasse" man gehört, man sollte nie von sich auf andere schließen und etwas Anstand zeigen. Es kann immer mal was passieren. Aber bitte Leute, werdet nicht noch frech dabei. Wenn man nett und freundlich ist, drückt der Betroffene doch bestimmt gerne mal ein Auge zu. Doch wer einfach frech und dreist ist, muss aufpassen dass man nicht doch mal eine Anzeige bekommt.

Natürlich gibt es leider auch die Leute, wenn sie merken einer entschuldigt sich und zeigt Anstand, versuchen sie diese auszunutzen. Das ist auch asozial. Da sollte man bei den Fakten bleiben und sich nicht alles bieten lassen. Aber schon eine respektlose Grundeinstellung das geht gar nicht.

Ich habe in der letzten Zeit so viele Dellen, Kratzer, Schrammen und Beulen in mein Auto gemacht bekommen. Aber keiner hatte es nötig einen Zettel an das Auto zu hängen. Die Gesellschaft heutzutage ist egoistisch und hinterhältig. Keiner möchte zu seinen Fehlern stehen oder mal ein Wort der Entschuldigung aussprechen. Zum Glück gibt es mittlerweile immer mehr Kameras und ab und an Zeugen die sich melden, die etwas beobachtet haben. Wie neulich bei einer Freundin, die aus dem Supermarkt kam und ihr Auto aufs übelste verschrammt war. Ein Schaden von fast 2.000 Euro. Glücklicherweise hat ein Zeuge das Nummernschild notiert. Meine liebe (wirkliche) Fahrerflüchtige, Sie können sich warm anziehen, denn meine Freundin ist nicht auf den Mund gefallen. Ich kann nur hoffen, dass hier in dem Fall die Gerechtigkeit siegt und wirklich die Täterin Ihre Strafe bekommt.

Steht zu Euren Fehlern. Denn auch wenn es einen Zeitaufwand bedeutet, Ihr seid doch versichert. Macht den anderen Menschen nicht so Probleme und Sorgen und vor allem ihre Fahrzeuge kaputt und verpisst euch dann. Es gibt Menschen, die müssen JAHRELANG für ihr kleines Hustenguzel-Auto sparen, abzahlen oder wie auch immer. Einfach das Eigentum anderer zerstören und sich verpissen ist das allerletzte!

Rasantes Überholmanöver

Meine Schwester war auf dem Weg von der Arbeit nach Hause. Da es geregnet hatte, ist meine Schwester relativ langsam gefahren. Sie hielt sich bei ca. 100 km/h. Es schwankte ab und an bis zu 105 km/h. Also kaum bemerkbar. Vor ihr tauchte ein sehr langsam fahrendes Auto auf, sie überholte. Es ging auch sehr zügig, ohne dass sie die Geschwindigkeit erhöhen musste. Scheinbar ist das andere Auto höchstens 80 km/h gefahren. Bis zur Überholung. Ab dann wurde es merkwürdig.

Das Auto fuhr nun direkt hinter meiner Schwester, die Ihre Geschwindigkeit immer noch hielt. Scheinbar kam der Fahrer oder die Fahrerin nicht damit klar, überholt worden zu sein. Als derjenige schließlich zum Überholen ansetzte, wunderte sich meine Schwester nur kurz über das Verhalten, dachte sich aber dann nichts weiter und hielt nach wie vor ihre Geschwindigkeit. Doch als das Auto viele Minuten lang brauchte um zu überholen, wurde es wirklich doof. Entweder schaffte es das Auto nicht, schneller als 100-105 km/h zu fahren, oder der

Insasse war einfach bescheuert. Er schaute auch nicht zu ihr rüber, sondern fuhr stur geradeaus. Nach ca. 5 Minuten hatte er es endlich geschafft und meine Schwester überholt.

Das meine Schwester danach ausgebremst wurde, weil er wieder an Geschwindigkeit verlor, muss ich denke nicht erwähnen. Bravo. Und was sollte das nun?

Baustelle

Teil 1

Eine kilometerlange Baustelle, die Mittelleitplanken mussten erneuert werden, sorgte dafür, dass es wieder Grund zum meckern gab.

Beispiel: Es wurde extra eine alternative Straßenmarkierung angebracht. Ich erkläre kurz was das bedeutet, um zu verdeutlichen, was ich meine (denn es scheint genug zu geben, die das nicht wissen): Die ursprüngliche Markierung (weiß) verliert seine Gültigkeit - Verkehrsteilnehmer sollen sich nicht an die weißen Striche und Linien halten, sondern an die gelben. Die meist gelben Markierungen sind im Zeitraum der aktiven Baustelle die von allen einzuhaltende Fahrbahn. Die gelbe Markierung! Das ist die, die sichtbar auf die Straße provisorisch angebracht wurde! Nicht aufregen, zurück zu der Geschichte.

Wir fahren auf der rechten Spur, kurz vor einer Abfahrt. Da fährt eine Dumpfbacke auf der ursprünglichen (der weißen) Fahrbahn zum abbiegen. Zu dumm um zu begreifen, dass sie damit die Hälfte der aktuellen (gelben) durch die Baustelle markierten Fahrbahn fährt, und die Abfahrt weiter vorne anders gekennzeichnet ist. Was bringt ihr das? Nichts. Sie sorgt einfach nur für Verwirrung und Chaos. Was bringt allen anderen das? Sie können 1. nicht richtig auf den vorgegeben Fahrbahnmarkierungen fahren und 2. ist es bei der Abfahrt für die, die sich an die Markierungen halten, gefährlich, da sich dann auf der Abfahrt zwei Autos befinden. Derjenige, der korrekt fährt und die Dumpfbacke, die meint dadurch, dass sie sich nicht daran halten muss ein paar Sekunden sparen zu können. Erhöhtes Unfallrisiko oder der Klügere, in dem Fall wir, sich an die Regeln haltenden Fahrer, muss doppelt aufpassen wegen den Idioten und diese noch vorbeilassen. Ferner müssen wir um die Sicherheit zu waren die Fahrzeuge hinter uns noch ausbremsen, welche sicher nicht begeistert davon sind. Abgesehen von der Staugefahr usw.

Wenn die Autofahrer sich zudem an die angegebene Geschwindigkeitsbegrenzung in den Baustellen halten würden, könnten Sie diese absolut stressfrei bewältigen. Aber die meisten meinen ja durch die Baustellen rasen zu müssen, dann einen Müll zusammenzufahren, anderen die halbe Fahrbahn zu klauen, dort zu fahren wo es nicht erlaubt ist, zu eng an den Autos vorbei zu hetzen obwohl die provisorischen Fahrbahnen für gewöhnlich auch schmäler sind, usw. Das Schlimmste ist: Sie riskieren damit das Leben anderer.

Wie es auch vorauszusehen war, ereignete sich in der Baustelle ein Unfall. Zum Glück nichts Schlimmes, aber eben genau aus diesem Grund. Naja, viel schneller als die anderen die sich an die Regeln hielten kam derjenige an diesem Tage sicher nicht nach Hause.

Teil 2

Auf einigen Baustellen auf einer ist es sinnvoll, möglichst langsam dort einzufahren, sollte man auf die Autobahn auffahren. Daher gibt es oftmals vorher an der Abfahrt ein Stioppschild. Die Aufforderung stehen zu bleiben folgt, nachdem die Geschwindigkeitsbegrenzung als Vorwarnung per Schild alle paar Meter immer weiter sinkt.

Ich erläutere kurz was das bedeutet, um zu verdeutlichen, was ich meine:

Ein Stoppschild hält den Fahrer an, vor diesem stehen zu bleiben. Das bedeutet, die Räder müssen stehen, und zwar ganze drei Sekunden lang. So habe ich es gelernt. Ich denke, wenn es zwei sind, ist es kein Drama. Aber ein Stoppschild heißt nicht „Ich sehe nur wegen meiner Farbe aus wie ein giftiger Pilz, schnell, schau das du Land gewinnst!" Stopp bedeutet: Stopp. Nicht für immer, aber Stopp! Ok, nicht so weit ausholen, zurück zu der Geschichte. Was heißt eigentlich Geschichte. In den paar Wochen Baustelle an der ich täglich an der besagten Ausfahrt vorbeimusste und auch selbst über so einer Ausfahrt die Autobahn befuhr, habe ich mindestens einmal pro Tag einen Fahrer gesehen, der sich nicht an die Anweisung dieses Stoppschildes gehalten hat. Es hat nicht einer angehalten, um langsam in die 60er begrenzte Baustelle langsam einzufahren. Nein, sie sind alle schön drauf gefahren, als gäbe es dieses Schild nicht. (Außer, es war kein Einfahren möglich, aber das war selten)

Unglaublich, Leute. Wenn ihr die Bedeutung der Schilder nicht mehr kennt, dann ab in die Fahrschule. Auch das Internet oder Bücher können euch helfen, die Wissenslücke zu stopfen!

PARKEN

Parken ist gar nicht so einfach

Zumindest für Fahranfänger, denkt man - oder für Frauen, denkt Mann. Tatsächlich fällt mir immer mehr auf, dass es die Fahrer großer und breiter Autos sind, die entweder diesen Prozess nicht beherrschen, oder automatisch mehr Platz beim Parken im Autokauf inklusive hatten.

Meine Schwester kam einmal etwas knapp zur Arbeit und hatte nur noch einen Parkplatz zur Verfügung. Da bereits der erste in der Reihe so besch… eiden geparkt hatte, dass alle anderen genauso besch… eiden geparkt haben, war am Ende der Reihe nur noch der vorletzte Platz frei. Auf diesen musste sie sich hinein quetschen. Als Dank wurde ihr außerdem noch von dem Fahrer der neben ihr stand (am Ende der Reihe) aufs Auto gerotzt, da dieser es etwas schwer hatte in sein Auto einzusteigen. Hätte er besser allen anderen in der Reihe ans Auto gerotzt… denn meine Schwester konnte am wenigsten etwas für die Parksituation.

Ich möchte hier auch gar nicht viel mehr zu diesem Thema erzählen, ich denke ein paar zum Lachen einladende Bilder reichen völlig aus. (Keine Angst, wirklich nur ein paar, auch wenn ich ein ganzes Buch damit füllen könnte) Mit den Pfeilen sollen im Normalfall die Parkplatzmarkierungen angezeigt werden.

Das sind noch die Harmlosen, die „einfach nur" das Ausparken oder das Einsteigen erschweren:

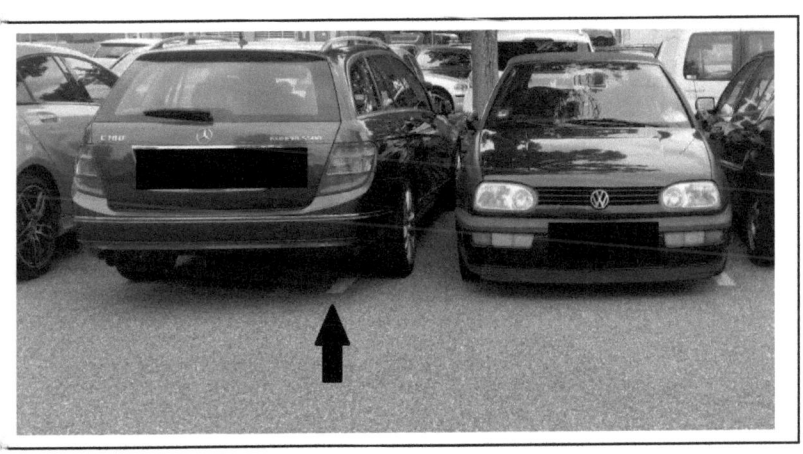

Dank diesen hier gibt es in der Reihe einen Parkplatz weniger, der genutzt werden kann (neben den linken hat sich kurz darauf nochmal ein ähnliches Auto ähnlich auf zwei Parkplätze platziert, sprich, zwei Autos auf drei Parkplätzen):

Interessant war aber auch der Seitenspiegel des linken Fahrzeuges (Nein, ich ziehe keine Schlüsse auf die Fahrweise...nur mitfahren würde ich da nie, auch wenn das Auto hinten Bildschirme im Sitz hat):

Aber das Beste zum Schluss, und hier bedarf es wirklich kaum der Worte:

Eine nette Dame stellte mir folgendes Foto zur Verfügung, mit dieser Geschichte dazu:

„Jeden Tag wenn ich nach Hause komme sehe ich das gleiche Fahrzeug, das seitwärts eingeparkt auf der gleichen Parkplatzreihe steht. Jedes Mal anders, aber immer nur zur Hälfte auf dem Parkplatz. Die Parkplätze sind alle einzeln eingezeichnet. Dennoch steht dieses Auto immer nur halb auf dem Parkplatz und somit entweder auf dem Weg oder auf der Straße und behindert andere Personen." Sie ließ es sich nicht nehmen, dem Fahrer des Wagens folgende Nachricht zu hinterlassen:

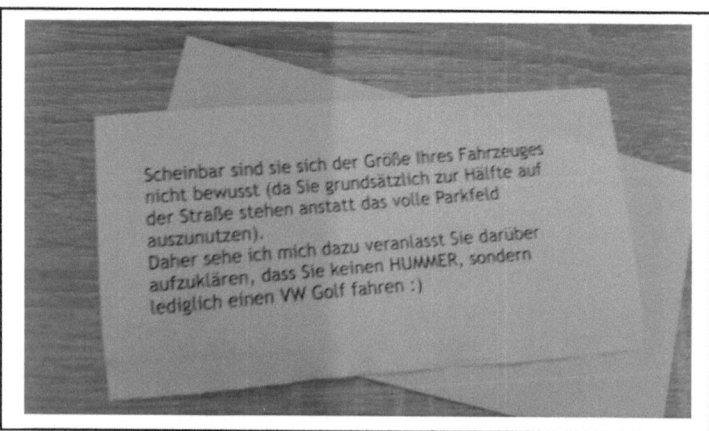

FIRMEN

Anbieterwechsel

Meine Schwester wollte, die Gründe sind irrelevant, ihren Internetanbieter wechseln. Sie fand sogar ein richtig gutes Angebot. Bessere Leistung für weniger Geld. Kommt schon ab und an einmal vor. Der einfachkeithalber fragte sie jedoch erst bei ihrem Anbieter nach einem besseren Angebot. Sie bekam ein derart mieses genannt, dass sie sich für den Wechsel entschied. Für die Zeit, in der sie noch den alten laufenden Vertrag bezahlen müsse, würde ihr der neue Anbieter diese Raten ersetzen. Sie hat somit nicht einmal eine Doppelbelastung. Perfekt.

Kurz darauf ging das GeSPAMe los. Der alte Anbieter ließ es sich nicht nehmen, meine Schwester permanent anzurufen. Als sie dran ging um dem Ganzen ein Ende zu bereiten, erklärte sie dem guten Mann, dass ein weiteres Anrufen unnötig sei, sie habe inzwischen einen anderen Vertrag abgeschlossen. Der Mann wurde unfreundlich in seiner Tonlage und fragte ob sie dann doppelt bezahlen würde solange der Vertrag noch läuft. Sie verneinte dies, und erklärte die Sachlage mit dem Ersetzen der Raten. „Da haben Sie aber nicht sehr schlau gehandelt!", sagte dieser unverschämte Mensch. „Da hätten Sie mal besser uns angerufen, um nach einer Lösung zu suchen!".

Meine Schwester konnte diese Unverschämtheit kaum fassen, schaffte es aber noch den Mann darüber zu informieren, dass sie dies bereits versucht hatte, die Lösung der Firma so dermaßen miserabel war, dass sie sich eben für diesen Schritt entschieden hat und sie künftig von Werbeanrufen absehen sollen.

Unglaublich, Leute. Meint ihr etwa, ihr verkauft durch freches Verhalten und wenn ihr die Menschen beleidigt?

Amt

Ich kenne eine junge Dame die damals nach der Schule leider keinen Platz für ihre Wunschausbildung gefunden hat. Sie hat dann, um nicht wie viele andere faul mit dem Arsch zu Hause zu hocken und dem Staat auf der Tasche zu liegen, einen eher unangenehmeren und anstrengenden Job im Schichtbetrieb angenommen. Sie wollte dies solange machen, bis sie einen Ausbildungsplatz gefunden hat.

Durch die Schichtschafferei und den anstrengenden Job, sowie auch etwas Pech und eine sehr begrenzte Anzahl an Ausbildungsplätzen in dem Wunschberuf hatte sie auch die darauffolgenden Jahre leider kein Glück. So arbeitete sie weiter und erhielt auch nach über zwei, fast drei Jahren endlich mal einen unbefristeten Vertrag. So war zumindest eine kleine Angst im Hinterkopf, nämlich arbeitslos zu sein, um einiges geringer und auch die Chancen auf einen Umzug waren gestiegen. So zog sie in eine Wohnung die größer, aber dennoch günstiger war als die, in der sie bisher wohnte um etwas Geld zu sparen.

Von ihren Traumberuf schon verabschiedet war sie bereit, sich auch anderweitig zu orientieren. Aber eine Ausbildung wollte sie unbedingt machen, denn ein Job bis an ihr Lebensende war das was sie ausübte nicht. Und ohne Ausbildung ist es sehr schwer überhaupt eine Chance auf einen Arbeitsplatz zu bekommen.

So hat ihre Sachbearbeiterin auf dem Amt, welches für Arbeitsangelegenheiten zuständig ist, ihr alle möglichen Vorschläge unterbreitet, wie sie trotz einer Anstellung eine Ausbildung nachholen kann. Dies ging von Unterstützung, über BAföG über schulische Ausbildung mit Unterstützung, und so weiter. Sogar Post mit den Berufsvorschlägen, für welche dieses Amt die Ausbildung unterstützen würde bekam sie zugeschickt. Also entschied sich die junge Dame für eines der Berufsbilder und versuchte wirklich wochenlang die Sachbearbeiterin zu erreichen. Ohne Erfolg. Sie schrieb, sie rief an, bat um Rückruf. Nichts. Das da etwas nicht stimmte, war fast schon klar. „Sicher wegen dem Arbeitsvertrag, jetzt bekomme ich sicher nichts!", sagte sie mir. Wenn dem so wäre, hätte es ihr die Sachbearbeiterin jedoch gleich so sagen können, und nicht, wenn sie einen Fehler bei sich bemerkt, den nicht vorhandenen Schwanz einziehen und die Kundin gekonnt ignorieren. Wo sind wir denn, wenn die Ämter Kohle wollen dann nerven sie bis zum geht-nicht-mehr, aber wenn man mal was von ihnen will… naja wem sage ich das, ist ja nichts Neues.

Nach einigen Wochen, in denen sie nicht locker lies, bekam sie endlich einmal eine Person an die Strippe die etwas zu sagen hatte. Wenn auch nicht diese Sachbearbeiterin. Klar, „mit so einem Festvertrag erlischt der Anspruch auf Unterstützung", das heißt sie bekommt Null Unterstützung und Hilfe. „BAföG? Neeeein das gibt es bei uns nicht", und „was wollten sie denn gerne machen? Ach das? Hahahahahaha, das bieten wir eh nicht an", waren eine wenigen der Aussagen, die der jungen Dame ihre Zukunftspläne wie eine Seifenblase zum Platzen brachten.

Abgesehen davon wie frech es ist, einen hilfesuchenden Menschen auszulachen, weil er etwas auswählte, was das Amt selbst auf einem Zettel anbot, ist es so emotionslos und kalt, einem Menschen erst so Hoffnungen zu machen und ihn dann eiskalt abzuservieren. Was für Möglichkeiten bleiben nun? Sich dort in ihrem Job kaputt arbeiten… warten bis sie aus irgendeinem Grund arbeitslos wird um dann irgendeinen Scheißdreck lernen zu dürfen… oder sich eigenständig auf eigene Kosten eine Ausbildung zu suchen...? Auf eigene Kosten weil: Sie bekäme schließlich auch kein Wohngeld. Eine Ausbildung wenn man nicht bei Mama und Papa wohnt ist nicht zu bezahlen. Und wenn die Wohnung nur 3 m² zu groß ist bekommt man ebenfalls keinen Cent. (Das habe ich bereits selbst schon erlebt!) Sie wird dann gezwungen werden in eine kleinere Wohnung zu ziehen, die den Quadratmetern entspricht, egal ob diese dann teurer ist, den Umzug bekommt sie natürlich nicht bezahlt. (Kostet ja nichts...) und so weiter. So ist das, selbst wenn man als Bürger jahrelang seine Steuern und alles bezahlt, nicht auf Staatskosten leben will und eine Ausbildung machen möchte, die einfach überall verlangt wird. So ist das bei uns. Der fleißige wird noch bestraft. Sie wollte den Staat nicht belasten und ist arbeiten gegangen und jetzt wo sie Hilfe braucht um auch in Zukunft arbeiten gehen zu können wird sie fallen gelassen, während es genug Faule gibt, die noch alles in den Arsch geschoben bekommen.

Unglaublich, Leute. Selbst wenn Ihr eure Vorgaben habt, egal wie bescheuert die manchmal sind, man kann doch ehrlich zu den Leuten sein. Aber erst Hoffnungen machen und dann sich wochenlang verstecken und die Hilfesuchenden ignorieren ist eine magere Leistung. Fehler kann man sich eingestehen und es gibt ein Wort das nennt sich „Entschuldigung". Außerdem: man muss niemand auslachen, dessen Zukunft ziemlich beschissen aussieht, nur weil man selbst sein warmes Plätzchen am PC und eine sicherere Rente hat.

Paketfahrer

Paket zu schwer

Wir haben ein Paket mit Tierbedarf erwartet. Es war etwas schwerer, ja, aber auf jeden Fall noch im Bereich des Möglichen. Schließlich gib es bei Paketdienstleistern eine Gewichtsgrenze, ab der nichts mehr mitgenommen wir. Es kam nicht. Wir hatten stattdessen einen Zettel im Briefkasten, die Ware muss bei der Post abgeholt werden. Prima, dachten wir. Die Post ist im Nachbarort, hat zum einen selten auf, und zum anderen aktuell auf Grund des Straßenfestes aktuell schwer zu erreichen. Mit Parkplätzen sieht es dort eh immer schlecht aus.

Mein Freund fuhr also extra mit dem Auto auf die Arbeit anstatt mit dem Bus, ging früher um es noch auf die Post zu schaffen. Das ganze zwei Tage nachdem wir den Zettel erhalten hatten. Die Dame auf der Post fand das Paket nicht. Ein großes, relativ schweres Paket war verschwunden. Wutentbrannt fuhr er nach Hause um die Sendungsverfolgung zu checken. „Das Paket liegt in folgender Postfiliale…. Und kann dort abgeholt werden." Jaja, von wegen. Wir haben dann über eine halbe Stunde versucht den Paketdienst zu erreichen. Ohne Erfolg. Habt ihr schon mal versucht ein Kontaktformular zu finden von solchen Anbietern? Keine Chance. Die wissen scheinbar auch warum! Damit man bloß nichts Schriftliches in der Hand hat, dass Scheiße gebaut wurde! Wenn, dann muss man per Post ein Brief schicken. Das kostet dann sowohl wieder Porto, als auch Zeit. Ferner kommt dann meist, wenn überhaupt, eine Standartantwort. Habe ich in einer anderen Geschichte schon versucht. Was hilft das maulen, nichts. Also: einen anderen Weg suchen.

Wir haben dann den Verkäufer angeschrieben, haben ihm die Situation erklärt. Als Antwort kam dann, dass Pakete nach sieben Tagen auf der Post ohne Abholung wieder an den Verkäufer zurückgeschickt werden. Toll, das wissen wir auch. Abgesehen davon gibt es ja in der Postfiliale angeblich unser Paket nicht. Haben wir dann auch geantwortet. Und ebenso, dass wir die Ware dringend brauchen und sie sich bitte kümmern, und uns die Ware erneut zuschicken sollen. Alles andere müssen die dann unter sich ausmachen. Können wir schließlich nichts dazu, wenn die Auslieferer es nicht auf die Reihe bekommen.

Zwei Tage später, ich kam zufällig früher von der Arbeit nach Hause, stand gerade das Postauto vor der Tür und der Fahrer kam just in diesem Moment aus unserem Hof mit 3 Paketen auf dem Arm, die er wieder ins Auto lud (obwohl eine der Nachbarinnen noch in der Tür stand). Zwar waren die Pakete nicht so groß wie das zu erwartende Paket mit Tierbedarf, dennoch ging ich auf ihn zu und fragte, ob er zufällig was für uns habe denn wir erwarteten zu dem Zeitpunkt noch einige andere Sachen. Er verstand mich erst nicht, nicht akustisch oder vielleicht auch weil er meiner Sprache nicht mächtig war. Egal. Ich wiederholte mein Anliegen und fragte, ob die Pakete die er gerade wieder einlädt zufällig für uns sind. Er meinte nein, die seien von einer anderen Hausnummer (in unserer Anlage gibt es mehrere Eingänge) aber er hätte noch eines für uns, aber das sei sehr schwer. Juhuu, dachte ich. Das ist bestimmt unser verschollenes oder sogar das nachbestellte Paket. Er wollte es mir aber nicht geben, er wiederholte es sei schwer, machte aber auch keine Anstalten es mir an die Tür tragen zu wollen. Was war sein Plan? Es wieder mitnehmen? Na wie auch immer, ich bestand darauf das Paket entgegenzunehmen. Er fragte nochmal ob ich sicher sei und gab mir das Paket dann widerwillig. Und mal ehrlich – so schwer war es auch wieder nicht. Ich selbst wiege weniger als 50 kg, und ich habe schon schwerere Sachen tragen müssen. Ich habe das Paket mit etwas Kraftaufwand mitsamt meiner Arbeitstasche und noch der Post im Briefkasten dann ins Haus und die ganzen Treppen hochgetragen.

Nach einer kurzen Recherche und dabei enthaltenen Sendungsnummernüberprüfung stellten wir fest, dass das Paket nicht das war, was wir vermisst hatten, sondern das inzwischen vom Verkäufer neu verschickte. Zudem hatte ich an dem Tag an dem ich mir das Paket von dem Zusteller erkämpfte keinen Zettel im Briefkasten gefunden. Das heißt wiederrum, der Paketfahrer hat scheinbar gar nicht erst bei uns oder den Nachbarn geklingelt gehabt wegen dem Paket. Denn selbst wenn er nur wissen wollte ob wir da sind um danach das übermäßig schwere Paket an die Tür zu tragen, hätte er, nachdem er niemand erreicht hat, uns einen Benachrichtigungszettel einwerfen müssen. Das hat er aber nicht. Abgesehen davon ist er ja noch an der Nachbarin unseres Hauses vorbeigelaufen. Er hatte wahrscheinlich einfach nur keine Lust das tonnenschwere Paket zu schleppen und hätte es einfach ohne wirklichen Zustellungsversuch in die Postfiliale gebracht. So wird es dann auch bei dem ersten Paket gewesen sein, wofür es aber zumindest mal einen Zettel gab, das aber nie in der Post ankam. Sein merkwürdiges Verhalten auf Grund des Gewichtes erklärte auch, warum das erste Paket zwar angeblich, aber nicht tatsächlich in der Post war... Wo auch immer das erste Paket nun spazieren gefahren wird, ich habe meine Ware endlich und es ist mir somit egal. Denn sich im Nachhinein über den Vorfall bei D.. äh dem Paketdienstleister zu beschweren ist ja wie vorhin schon beschrieben für den Arsch.

Jaaaa, und bevor ihr spekuliert, es waren ca. 20 kg. Ist schon ein Gewicht, gebe ich zu. Aber mal ein paar Meter sollte das gehen. Ist halt Berufsrisiko, würde ich sagen. Außerdem gibt es ja noch Hilfsmittel. Ich kann nicht nur weil ich (als Mann!) keine Lust auf schwere Pakete habe nur die leichten ausliefern und die anderen verschwinden lassen. Und wie gesagt, ich, weiblich, weniger als 50 kg habe es auch geschafft das Paket zu tragen.

Nix verstehen

Ach und wenn wir gerade bei dem Paketfahrer sind, der Gleiche war kurze Zeit später wieder bei uns gewesen und hat geklingelt. Ich war zufällig zu Hause und ging also an die Tür, bzw. an die Sprechanlage. Er fragte ob ich die Frau Mäusespeck bin, ich sagte ja und öffnete die Tür. Ich hörte wie er nachdem ich die Tür öffnete noch bei der einer Nachbarin klingelte. An für sich nichts Außergewöhnliches, sie könnte ja auch Post erwarten. Doch er hatte keine Post für sie denn er fragte sie genau das Gleiche noch einmal wie mich. Äh, hallo? Rede ich irgendwie unverständlich? Oder war der Gute nur zu faul die Treppen hochzukommen und hat sich deshalb so dumm angestellt? Ich habe das auch nur gehört weil ich schon auf dem Weg nach unten war, ich bin nämlich so nett und komme den Leuten entgegen.

Unglaublich, Leute. Ich verstehe euren Zeitdruck. Aber wenn ich als Frau Mäusespeck mich an der Sprechanlage melde und die Tür öffne, erwarte ich auch das ICH mein Paket entgegen nehme, und nicht eine Nachbarin, die man danach extra noch herausklingelt wegen meines Paketes. Und das war kein Einzelfall gewesen, das ist mir schon mehrmals aufgefallen. Aber wenn man die Leute darauf anspricht, scheinen sie nichts zu verstehen und weg sind sie.

Schnell wie der Blitz

Ich erwartete, wie das ab und an einmal vorkommen kann, ein Paket. Ich hatte sogar den Tag frei gehabt, als es eintreffen sollte, perfekt! Unsere Wohnung ist Maisonette, das bedeutet wir haben zwei Etagen. Ich war gerade oben und sortierte Wäsche in den Schrank, als es klingelte. Da ich weiß, dass die Leute immer im Stress sind, sprintete ich so schnell es ging die Treppen herunter. Wir haben eine Wohnung, kein Haus, es ging also wirklich schnell. Umgerechnet waren es höchstens 20 Meter die ich effektiv gelaufen bin. Ich war mit Sicherheit schneller, als jemand der sich in einer großen Wohnung am anderen Ende dieser aufhält. Egal, es war nicht lange. Als ich an der Sprechanlage war bekam ich allerdings keine Antwort. Ich fragte 2x nach, doch mein Hallo blieb unbeantwortet. Ich rannte auf den Balkon, sah auf die Straße da fuhr das große weiße Auto schon weg!

Unglaublich, Leute. Wie schon erwähnt, habe ich Verständnis für Zeitdruck. Doch dass ein Kunde nicht einmal die Chance bekommt an die Tür zu gehen, ist schon sehr frech. Einfach kurz klingeln, während die andere Hand schon den vorbereiteten Zettel in den Briefkastenschlitz steckt, da fehlen mir echt die Worte.

Stehen lassen, oder was?

Mein Freund hatte etwas Sperriges bestellt. Wer war zu Hause? Ich. Super, dann kann ich die Ware entgegen nehmen, denn sperrige Ware irgendwo abholen ist immer schlecht. Es klingelte, ich öffnete. Allerdings musste ich mir erst meine Schuhe suchen. Ich wunderte mich noch, dass keiner nach oben kam. Ich gehe den Postboten grundsätzlich entgegen, ich bin eben so nett. Aber das jemand gleich unten wartet, kommt äußerst selten vor. Als ich unten ankam sah ich auch warum: Das Paket war sperrig. Es war nicht breit und auch nicht tief. Aber es war lang, circa 3 Meter. Der Paketfahrer hatte dies vor die Haustür an die Wand gelehnt. Ich, freundlich wie immer, lächelte und sagte noch, das es aber ein großes Paket sei. Da schaute er mich nur mit seinem grimmigen Gesicht, welches keinen Millimeter seiner Mimik veränderte, an und fragte: „Stehen lassen, oder was?". Äh, nein. Was soll der Käse. Ich bat ihn, mir das Paket zumindest in den Hausflur längs hinzulegen. Ich würde es dann selbst hochtragen. Laut und genervt stöhnend kam er meiner Bitte nach. (Er musste es nur umlegen, nicht mal einen Meter tragen) Ich unterschrieb und trug das Paket selbst nach oben. Es war nicht schwer, einfach durch die Länge sperrig. Der gute Mann hätte es einfach vor der Haustür stehen gelassen, so dass auch keiner mehr hätte das Haus betreten lassen.

Unglaublich, Leute. Was glaubt ihr? Eine kleine Frau lasst ihr die großen sperrigen Sachen tragen, alternativ werden sie irgendwo hingestellt, nach mir die Sintflut. Gentlemans sterben scheinbar echt aus. Das ist jetzt nicht der erste Fall, in dem ein Paketfahrer nichts tragen möchte. Aber aller guten Dinge sind drei, also noch die nächste Geschichte.

Schnell wie der Blitz – Teil 2

Wieder einmal mein Freund hatte sich Ware bestellt, die er für die Wohnung benötigte. Es war ein großes und auch relativ schweres Paket. Ich war da also ging ich nach unten um das Paket entgegen zu nehmen. Auch wieder ein Fall derer, die nicht einmal in das Haus hineinkamen sondern vorne dran warteten. Ich dachte, der Mann wartet nur darauf, dass ich die Tür öffne und fixiere. Ach herrje, war ich doof. Ich öffnete die Tür, da bekam ich gleich das Teil zum unterschreiben vor die Nase gehalten, nach dem ich wieder hörte das sei ein schweres Paket. Ich unterschrieb, drehte mich um, sagte noch „Ich öffne Ihnen die Tür und halte sie auf.", drückte diese an der Wand und als ich mich umdrehte um dem Mann zu helfen, war dieser nichtmehr zu sehen. Ich rief noch um die Ecke „Hallo? Wie wäre es mit helfen?"... Ich nix verstehen, hören oder was auch immer. Ich befestigte also die Tür, schleppte mit aller Kraft die ich aufbringen konnte das Paket in das Haus und schloss die Tür wieder. Ich hätte das Paket nicht einfach draußen stehen lassen können. Im Haus konnte ich es aufschneiden und die Ware einzeln nach oben tragen. Aber das war ein Erlebnis sondergleichen.

Unglaublich, Leute. Eine kleine Frau lasst ihr mit einem Paket alleine, dass genauso schwer ist wie sie selbst. Den halben Meter zu Zweit hätte euch nicht umgebracht, mir hat es einen Tag Rückenschmerzen geschenkt. Vor allem sind die, die so reagierten große, breite, durchtrainierte, böse und cool dreinschauende Kerle. Da sieht man wieder... alles heiße Luft.

Stromablesen

Eine Freundin bekam in ihrem schicken kleinen Eigenheim Besuch von einer Dame die den Strom ablesen wollte. Soweit, so gut. Sie öffnete die Tür, und als die Dame ihr Vorhaben ankündigte, sagte meine Freundin: „Einen kleinen Moment, ich hole nur schnell den Schlüssel.", und schloss die Tür. Sie war kaum einen Schritt gegangen, hämmerte die Olle von dem Ableseservice wie bekloppt an die Tür. Meine Freundin ging zurück, öffnete und sagte: „Ich sagte doch, bitte einen kleinen Moment, ich hole schnell den Schlüssel." Da patzte die Frau sie an: „Da braucht man keinen Schlüssel. Ich war hier schon einmal, ich kenne mich hier aus!" „Okeeeey, wie sie meinen.", sprach meine Freundin und ging mit der Dame zum Stromzähler. Wenn sie sich in ihrem Haus so gut auskennt, bitte. Dort angekommen rüttelte die besserwissende Frau an der Stromzählertür. Doch es tat sich nichts. „Da braucht man ja wirklich einen Schlüssel..." sagte sie verdutzt. „Ach neeeeee!", sagte meine Freundin. Da fühlte sich die Schnepfe wohl angegriffen, und anstatt den Fehler zu zugeben fuhr sie meine Freundin an: „Wollen Sie mich verarschen?" „ICH Sie nicht, nein.", antwortete meine Freundin und die Frau verlies wie eine Furie das Haus. Als dann kurz darauf der Briefkasten klapperte, lachte meine Freundin nur als sie den Zettel darin fand:

„Wir haben sie persönlich nicht angetroffen. Bitte teilen Sie uns den Zählerstand per e-Mail mit."

Ohne Worte.

Unglaublich, Leute. Wenn jemand Eigentümer und Bewohner eines Hauses ist, wird derjenige sich doch ein klein wenig besser im Haus auskennen als jemand, der dort vielleicht einmal war um den Strom abzulesen.

Internetanbieter

Teil 1

Mal wieder bin ich umgezogen. Mal wieder die Anmelderei bei Internetanbietern. Welch ein Graus. Aber, wird schon gut gehen. Dachte ich... und wurde eines Besseren belehrt.

Ich suchte mir einen bekannten und renommierten Internetanbieter aus der damit warb, an einem Tag bestellen - am nächsten Tag online sein, und habe dort einen Anschluss beauftragt und bat um telefonische Terminabsprache wegen meinen etwas komplizierten

Schichtarbeitszeiten. Irgendwann nach langer Wartezeit, nicht umgehend wie es immer versprochen wird, bekam ich dann einen Termin zur Freischaltung. An dem Tag sollte ich dann zu Hause sein, zwischen X- Y Uhr. Natürlich genau während meiner Arbeitszeit. Mal eben schnell heimfahren war nicht. Aber da ich ein Tag in der Woche frei habe den ich auch schieben kann und zudem unterschiedliche ebenfalls tauschbare Schichten habe, dachte ich, wird sich sicher ein Termin finden. Also rief ich ausnahmsweise dort an. (Normal mache ich diverse Angelegenheiten schriftlich, damit ich auch was in der Hand habe)

Ich bekam einen Kollegen ans Telefon, der hörbar demotiviert war seine Arbeit zu machen und der beim Reden fast einschlief. Ich erklärte die Situation und das ich den Termin verschieben müsste. Er sagte gleich das ginge nicht. Er kann nur hinterlegen, dass wenn mich der Außendienstler nicht antrifft, dass mir AUS KULANZ keine Kosten aufgedrückt werden! Danach würde ein zweiter Termin ausgemacht, wenn ich auch da nicht da wäre müsste ich das bezahlen. Der Termin kann selbstverständlich nicht vorab ausgemacht werden. Ich erklärte ihm nochmals die Situation, auch dass ich das auch bei Beauftragung extra so angegeben hatte und auch, dass es total sinnfrei ist, einen Mitarbeiter an dem Tag zu mir zu schicken wenn doch schon bekannt ist, dass ich nicht da bin. Abgesehen davon das ich mehrfach unterbrochen, und hörbar nicht aus Freundlichkeit mein

Name mehrfach wiederholt wurde, hat mich der Anruf über zehn Minuten meiner Pause gekostet, in der ich von meinem Handy aus auf meine Kosten telefonieren musste. Der Mann redete mit mir als wäre ich dumm und alles was wir gesprochen bzw. er mir gesagt hat hätte in zwei Minuten abgewickelt werden können. Dies kam durch seine sinnlosen Wiederholungen und wenn ich wagte auf den Punkt zu kommen, wurde ich von ihm angemotzt. Da ich aber keine Lust hatte mich weiter anmotzen zu lassen, von wegen ich solle ihn gefälligst ausreden lassen und solche Dinge, habe ich eben meinen Mund gehalten und die mehrfach sich wiederholenden sinnfreien Worte durch mein Ohr schleichen lassen. Am Ende erklärte ich noch einmal wie unnötig das Ganze sei aber ohne Erfolg.

Von dem unfreundlichen und unnötig in die Länge gezogenen Gespräch einmal abgesehen, was nun tun? Ich setzte Himmel und Hölle in Bewegung um an diesem Tag frei zu bekommen, ohne Erfolg. Ich versuchte weiter alles, und mein Freund konnte sich freinehmen und erklärte sich bereit, seinen freien Tag bei mir in der Wohnung zu verbringen. Ich teilte daraufhin den Kollegen der netten Firma mit, dass ich es nun hinbekommen habe und nun auch der arme Außendienstmitarbeiter so nicht umsonst kommen, und nicht sinnlos Sprit verfahren muss. Ich freute mich, dass es irgendwie geklappt hatte, wenn auch auf Kosten meines Freundes. Doch manche ahnen es bereits... es kam niemand!

Ich beschwerte mich daraufhin schriftlich, bekam einen neuen Termin mit der Entschuldigung, es sei was dazwischen gekommen. Schade, dass man da nicht absagen kann! Wieder musste ich alles in Bewegung setzten, konnte aber hier selbst um die angegebene Uhrzeit zu Hause sein. Manche ahnen es wieder... es kam wieder niemand!

Ich beschwerte mich, stornierte den Vertrag und forderte eine Entschädigung ein. Mehrfach.

Auf die warte ich heut noch und es ist über zwei Jahre her.

Teil 2

Ich suchte mir einen neuen Anbieter aus und buchte mir online den Vertrag. Als ich nach drei Wochen immer noch keinen Termin zur Freischaltung erhalten hatte, fragte ich nach. Die Antwort war unglaublich.

Es bestünde ja bei Vertragsabschluss ein dreiwöchiges Rücktrittsrecht. Um nicht Gefahr zu laufen, dass davon Gebrauch gemacht wird, wartet die Firma einfach mal kackfrech die drei Wochen ab und rührt sich erst dann.

Klasse, dachte ich. So kann ich ja, sollte ich aus irgendeinem Grund mit denen nicht zufrieden sein nicht mehr zurücktreten, da ich ja gar nicht die Gelegenheit bekomme überhaupt zu prüfen, ob alles so ist wie angeboten. Ziemlich dreist. Vor allem, dies so nicht zu kommunizieren, sondern einfach die Leute ohne Information warten zu lassen. Aber was blieb mir schon anderes übrig. Nach den drei Wochen fragte ich erneut nach und bekam als Antwort, dass sie sich in Kürze bei mir melden wegen eines Freischaltungstermins.

Auch da warte ich heute noch drauf. Mittlerweile sind mehr als zwei Jahre vergangen.

Ich habe mich in der Zwischenzeit dann anderweitig um Internet gekümmert, ohne mich selbst vertraglich an einen Internetanbieter zu binden, da dies scheinbar nicht funktioniert.

TV Anschluss

Diese Geschichte betrifft einen anderen Umzug von mir. Zu einer neuen Wohnung gehört auch ein neuer Internetanschluss, sowie in dieser Geschichte auch ein TV Anschluss da Kabelfernsehen in der Wohnung vorgesehen war.

Ich entschied mich, beides bei einem Anbieter zu buchen. Dieser Anbieter war sehr bekannt was Kabel-TV angeht, da dachte mir, es wäre von Vorteil alles über diesen zu buchen, es gäbe sicher weniger Stress und Ärger. Beim Bestellen wurden mir sogenannte „Zusatzoptionen" angeboten wie „TV Premium Plus" oder so ähnlich, für nur 10 Euro mehr im Monat. Aber natürlich nicht ab sofort, sondern zahlbar erst ab dem 4. Monat. So etwas liebe ich ja besonders. Die Kosten die erst nach einer Zeit anfallen, wenn man eh nicht mehr damit rechnet. Ich wollte das nicht und sagte gleich am Telefon, dass sie mir das gar nicht dazu buchen sollen. „Das geht nicht, Sie müssen das nehmen.", sagte die Dame. „Sie können dies aber umgehend nach Erhalt der Unterlagen kündigen." So eine Scheiße. Aber ich vergesse so etwas ja glücklicherweise nicht, also habe ich sofort die ZUSATZOPTIONEN gekündigt wie es mir die Dame geraten hat. Kurz darauf ging mein TV nicht mehr richtig. Nein, falsch, der TV ging, aber es gab kein Programm mehr. Ich reklamierte umgehend bei der Firma und bekam die Antwort, ich hätte ja gekündigt. Äh, was? Hallo? Sind die Leute eigentlich bekloppt? Einmal abgesehen davon das ich keine „Kündigungsbestätigung" für den Anschluss (!) bekommen habe, hatte ich ganz klar nur die Zusatzoptionen gekündigt gehabt. Schriftlich und nachweislich. Das habe ich den Herrschaften dann auch sehr freundlich mitgeteilt und sie aufgefordert, den Anschluss sofort wieder zur Verfügung zu stellen, schließlich bezahle auch dafür. Ich bekam dann erneut meinen Anschluss, erneut meine Unterlagen und alles war gut. Dachte ich.

Nach Ablauf der 3 Monate wurden mir aber die 10 Euro für die Zusatzleistungen abgebucht. Ich reklamierte. Es passierte nichts. Und reklamierte wieder, und wieder passierte nichts. Und reklamierte wieder und wieder. Trotz dass ich die Kündigung der Zusatzoptionen schriftlich, mit gültigem Fax Sendebericht hatte, akzeptierten die Penner das nicht und buchten mir fleißig Geld ab. Es kam dann heraus, dass als ich die Zusatzoptionen gekündigt hatte, die zu dumm waren das korrekt zu bearbeiten. Also haben sie einfach wohl „falsch verstanden" und mal eben ALLES gekündigt. Und selbst das ist nicht korrekt abgelaufen. Dabei hatte ich es wirklich korrekt so geschrieben, dass es nicht falsch verstanden werden konnte. Und dadurch, dass der ganze Anschluss gekündigt und wieder neu eröffnet wurde, wurden auch die Zusatzoptionen wieder neu gebucht, und ich hätte diese wieder separat kündigen müssen. Könnt ihr mir folgen? Wenn ja brauche ich ja sicher nicht erwähnen, dass dies dann wieder in die Hose gegangen wäre. Abgesehen davon ist der Fehler in deren Hause passiert und nicht bei mir. Ich konnte alles beweisen, hatte alles schriftlich. Aber es wurde gekonnt ignoriert und als weiter Geld abgebucht.

Irgendwann drehte ich denen dann den Geldhahn zu, verweigerte den Zugriff auf mein Konto und habe nur das überwiesen, was denen auch zustand. Dann bekam ich Mahnungen. Ich habe jeden Monat einen riesigen Aufwand an Schriftverkehr gehabt, habe alles kopiert und mit Post geschickt und per Fax. Mir sind jede Menge Kosten entstanden und die Mitarbeiter von dort haben es nicht kapiert oder besser, sie wollten es nicht kapieren denn ich hatte den Schriftverkehr, ich hatte die betroffenen Stellen sogar vergrößert und fett eingekreist. Es war nicht zu übersehen das ich nichts falsch gemacht hatte. Das Beste war ja: die Zusatzoption die ich fleißig bezahlen musste habe ich nicht einmal bekommen! Die angekündigten Premiumprogramme konnte ich gar nicht aufrufen.

Um das Ganze, was sich über ein Jahr zog, abzukürzen: Das Ende der Geschichte war wie folgt: Bei meinem nächsten Umzug habe ich alles komplett gekündigt. Auch hier wurde mir noch so gut es geht ein Strich durch die Rechnung gemacht. Ich durfte nur das TV kündigen, nicht jedoch den Telefonanschluss, und das obwohl in der Wohnung in der ich eingezogen bin bereits nachweislich ein Telefonanschluss vorhanden war. Für die monatlichen 10 Euro die ich zeitweise nicht bezahlt habe kam dann, obwohl ich es ja nicht mal nutzen konnte und rein rechtlich alles richtig gemacht hatte, ein Mahnbescheid von einem Inkassobüro mit Strafgebühren die höher waren als die Rechnung selbst. Ich hätte theoretisch zum Anwalt gehen können und klagen können. Aber ich war weder in der psychischen

Verfassung, noch hatte ich Zeit auf den Streit mit der bekannte Firma. Also habe ich es überwiesen, und gut sein lassen. Leider machen das sicher genug andere so wie ich und so können die Dreckfirmen wachsen.

Beim Bäcker

Ich gehe das erste Mal in die Dorfbäckerei. Vor mir die Damen aus dem Ort, die mit der etwas älteren Bedienung lachen und erzählen. Dann komme ich an die Reihe. Das Lachen verschwindet, der Blick wird ernst. Mir wird nicht angeboten mein Brot zu schneiden, ich muss selbst darum bitten. Das Geld wird mir nicht in die Hand, sondern in die Geldschale auf dem Tresen geworfen und einen schönen Tag wünsche ich der Dame, obwohl es als Verkäuferin ihr Job ist. Warum? Weil ich „die Fremde" bin? Oder weil ich eine ungewöhnliche Haarfarbe habe?

Unglaublich, Leute. Nur weil jemand anders aussieht ist er nicht automatisch ein schlechter Mensch, genauso wenig, wenn jemand frisch dazu gezogen ist. Als Verkäufer steht Kundenfreundlichkeit eigentlich an erster Stelle. Ich glaube von euch haben einige ihren Beruf verfehlt. Ich weiß jedoch, dass ich diese Bäckerei künftig nicht mehr betreten werde. Selbst schuld. Die Frau in der Metzgerei war super freundlich und zuvorkommend, dort werde ich nun regelmäßig mein Geld lassen.

Discounter SIM Karte

Ich hatte mir vor Jahren in einem Discounter mit vier Buchstaben (tja, welcher nun...) einen Internet Stick erworben - für einen stolzen Preis von 40 Euro. Da ich ihn nur für eine Woche benötigte war das schon sehr happig, aber in Ordnung für mich. Ich hatte mir diesen nach der Zeit in der ich ihn nutzte aufgehoben, denn irgendwann kann man diesen eventuell noch einmal verwenden.

Und so kam es auch. Wie schon in einem anderen Kapitel angesprochen gab es bei diversen Internetanbietern massive Probleme einen Vertrag zustande zu bringen, so dass ich den Internet Stick heraus kramte. Eine SIM Karte für Handy und Internet kaufen kostet heutzutage nicht mehr so viel, wenn man bereits die Hardware hat. Also ging ich in den Discounter 10 Kilometer weiter und bestellt ein Starterset mit SIM Karte an der Kasse, habe zeitgleich sicherheitshalber extra gefragt, ob ich dafür auch meinen „alten" Internet Stick nehmen kann, den ich einige Jahre zuvor bei ihnen gekauft hatte (für 40 Euro!). Es hieß JA.

Ich kaufte das Starterset, fuhr nach Hause, meldete mich dort auf der Online Seite an (wie es verlangt wird), wollte die SIM Karte in den Stick einführen -> ging nicht. Keine der beiden möglichen Größen passte hinein. Ich reklamierte bei dem Discounter online, natürlich schriftlich, und wollte das Set zurückgeben. Keine Chance. Ich musste die SIM Karte behalten, als Begründung: ich könne ja über das Guthaben verfügen oder mir eben einen neuen Stick (wieder 40 Euro!) kaufen. Auch hier ging das Ganze hin und her ohne ein Entgegenkommen. Als ich jahrelang Kunde der SIM Karte für das Handy war, hatte ich nie Probleme gehabt.

Geld verschenken? Niemals. Also habe mir ein altes Handy ausgesucht, habe dort die SIM Karte eingelegt und dieses Handy als Geschäftshandy eingerichtet, was ich vielleicht zwei Mal im Jahr brauche. (Denn natürlich habe ich bereits ein Handy mit Flatrat etc.) Habe aus Spaß ein paar Euro Guthaben versimst und das war es. Ich dachte mir für den Notfall ist das gerade gut genug.

Monate später, als ich es das Handy dann ausnahmsweise wirklich einmal gebraucht und mich gewundert hatte, dass ein Geschäftspartner mich nicht erreichen konnte, musste ich feststellen, dass das Handy gar nicht empfangsbereit war. Nach schriftlicher

Rückfrage wurde mir mitgeteilt, dass bereits nach wenigen Monaten der Inbetriebnahme die Nummer GELÖSCHT wurde weil ich die SIM Karte nicht aufgeladen habe!!

Ich kann zwar mein Guthaben zurückfordern, muss aber dafür a) Zeit investieren um ein dafür erforderliches Formular auszufüllen b) Porto investieren für den Brief (was mir nicht zurückerstattet wurde) und c) kann ich die SIM Karte nun einfach mal in den Müll schmeißen, wie auch den Stick damals. Von dem ganzen Ärger mal ganz abgesehen!

Unglaublich, Leute. Wenn mein Guthaben noch nicht leer ist, warum sollte ich dann aufladen? Ich finde es ferner eine Frechheit, dass ich gezwungen werde, nach einer Falschaussage vor Ort im Markt ein SIM Karten Set zu behalten und zu benutzen zu MÜSSEN, und dies dann einfach OHNE ANKÜNDIGUNG gelöscht zu bekommen, wenn nicht noch mehr Geld drauf gebucht wird. Es sind zwar nur ein Paar Euro um die es hier ging, aber der ganze Ablauf ist meiner Meinung nach nicht akzeptabel und eine pure Kundenverarsche. Zumindest weiß ich aber, wo ich definitiv keine SIM Karte mehr kaufen werde.

Bank

Teil 1

Auf einigen Banken kann man Lose kaufen. Ein Teil des Betrages geht in das Los, ein Teil geht auf das Konto oder Sparbuch, aber erst nach einer gewissen Zeit. Diese Auszahlung wird im Normalfall immer im Dezember vorgenommen. Dies zur Vorgeschichte.

Ich musste wegen Umzug die Bank wechseln, da ich in ein anderes Bundesland gezogen bin. Dort wurde mir gesagt, dass alle Aktionen der Bank von Bundesland zu Bundesland unterschiedlich sein können. Ich bestellte dennoch wieder die Lose und fragte, ob auch bei denen im Dezember die Auszahlung von den bis dahin vorhanden Losen stattfindet, oder erst nach genau einem Jahr nach der Beauftragung. Mir wurde letzteres bestätigt.

Zwei Monate später, es war Dezember, wurde mir das Guthaben der bisherigen Lose gutgeschrieben. Ich teilte dies der Bank mit, einfach als Info, falls in dieser Filiale die Kollegen das einfach nicht wissen. Kann ja mal sein, ist ja auch nichts Schlimmes. Als Antwort kam: Das wurde im November umgestellt. Ab sofort wird immer im Dezember ausgezahlt.

Ich habe vor mich hin geschmunzelt. Wenn dem so sei müsste man die Kundin schließlich über die Änderung informieren. Aber da das Ganze kein Beinbruch ist, war es mir dann auch egal und habe mich nicht weiter darauf eingelassen.

Teil 2

Meine alte Bank, in der ich ca. 15 Jahre lang Kunde war, hatte auch einen richtigen Bock geschossen. Eine andere Bank hatte ein super Willkommensangebot mit einem Startguthaben, kostenloser Kontoführungsgebühr und so weiter. Bedingung war, dass man sein Gehalt einige Monate dort einbezahlt. Kein Problem, warum nicht. Also habe ich mein Gehalt umgelenkt auf das neue Konto, habe das Guthaben eingesteckt und mich gefreut.

Zu dieser Zeit hatte ich allerdings kurzeitig etwas in der Klemme gesteckt und war finanziell nicht auf null gewesen. Da ich aber einen Dispositionskredit bei meiner alten Bank im vierstelligen Bereich hatte, war das alles kein Problem. Diesen habe ich oft genutzt, dafür hat die Bank natürlich auch mehr als genug Zinsen einkassiert. Und das jahrelang, es war auch nie ein Problem. Klar, warum auch. Dafür ist das Teil da, und die Bank hat gut verdient.

Ich stand an der Kasse von einem Supermarkt, mit dem nötigsten an Essen und wollte wie immer mit Karte bezahlen, als die Kasse mir die Zahlung verweigerte. Ich war fix und fertig aber hatte zum Glück noch genug Kleingeld einstecken sowie auch im Auto, so dass ich den Einkauf bezahlen konnte. Die andere Karte konnte ich nicht benutzen denn es war Monatsende, das Konto war leer. Und bei dem neuen Konto hatte ich bewusst keinem Dispositionskredit zugestimmt. Ich beschwere mich bei der alten Bank und bekam die Aussage – da mein Konto keine Zahlungseingänge mehr aufweist bekäme ich keinen so hohen Dispositionskreditrahmen mehr und dieser sei gekürzt worden. Dies fand ich eine Frechheit und teilte das auch so mit, dass man den Kunden ja zumindest Bescheid sagen müsste. Da kam keine Antwort. Ich war kurz darauf in einer Filiale dieser Bank, als ich beim Einkaufen noch etwas Luft hatte, schilderte mein Anliegern, hinterlegte meine aktuellen Daten wie Mailadresse und Telefonnummer und bat um Rückmeldung aus der entsprechenden Filiale die dafür zuständig sei. Nichts kam.

Kurz darauf die gleiche Situation, diesmal an der Tankstelle. Nur diesmal hatte ich noch Geld auf dem neuen Konto und konnte damit bezahlen. Gleiches Spiel, ich reklamierte. Und was war die Antwort: Im Endeffekt genau das Gleiche, nur das ich jetzt aus dem Grund eben gar keinen Dispositionskreditrahmen mehr bekäme und ich solle schauen dass ich schnellstmöglich das Konto decke. Ich reklamierte wieder dass dies eine absolute Frechheit ist ohne Wissen des Kunden so etwas einzustellen und den Kunden damit in eine unmögliche Situation bringen zu können. Als Antwort kam, dass sie versucht hätten mich zu erreichen. BLÖDSINN! Ich hatte weder eine Mail, noch einen Anruf auf mein Handy. Da ich vor Ort in einem der Filialen meine Daten hinterlegt hatte konnten sie keine Falschen haben. Und selbst wenn, hätten sie mir verdammt noch mal einen Brief schreiben müssen und nicht einfach irgendetwas umstellen. Das war es dann für mich mit dieser Bank. Erst ohne Information den Dispositionskreditrahmen reduzieren, trotz Reklamation das gleiche Spiel noch einmal und ihn komplett löschen? In einem normalen Umgang, mit Ankündigung oder Information, kein Thema. Aber nicht so. Also gibt es künftig von mir gar kein Geld mehr.

Vergessen

Eine Kollegin von mir wurde bei einem Hausverkauf heftig über das Ohr gehauen. Das ist jedoch nicht Inhalt der Geschichte. Sie musste jedenfalls, wenn auch zu Unrecht, einen Batzen Geld bezahlen und das bis zu Tag X. Sie klärte vorher mit der Bank ab, dass dies klar ginge da größere Summen angemeldet werden müssen. Sie machte mehrfach klar, wie wichtig das sei. Ihr wurde zugesagt. Doch als sie an Tag X in der Bank auftauchte, wusste keiner von etwas. Sehr schön, denn wenn sie nicht zahlen könnte, würden Strafzinsen und Gebühren fällig werden, die sie ruinieren würden. Abgesehen davon, dass sie durch die ganze Situation ziemlich in der Scheiße sitzt. Die Bank war nicht fähig gewesen, dass Anliegen zu notieren, organisieren, oder intern weiterzugeben. Naja, macht ja nichts, es ging ja auch nur um eine Lappalie.

Standardtexte

Geht es euch nicht auch ab und an so, dass es nötig ist eine Reklamation oder ein Lob zu schreiben? Leider ist heutzutage eher die Kritik im Vordergrund, denn gelobt wird kaum noch. Ich erlebe selbst tagtäglich im Umgang mit Kunden wie unzufrieden die Menschen mit allem sind, dass sie nur noch am meckern, maulen und fordern sind. Aber ich persönlich finde auch das Lob wichtig, deshalb lobe ich gerne auch einmal einen Mitarbeiter oder einen Ablauf in einem Geschäft, wenn es mir besonders positiv auffällt. Denn dafür nehmen sich leider die wenigsten Zeit.

Aber nun zum eigentlichen Inhalt dieses Kapitels. Ich bekomme fast überall grundsätzlich einen

„Standardtext" als Antwort. Da sitzt ein Hanswurst hinter einem PC, bearbeitet die ganzen Anfragen und drückt auf den Knopf um den bestmöglich passenden Textbaustein auszuwählen und schickt diesen an den Kunden. Meistens hat dieser aber im Höchstfall nur ansatzweise etwas mit der Kundenanfrage zu tun. Auch ich bin so ein Hanswurst, deren Aufgabe ab und an ist auf das Knöpfchen zu drücken. Der Unterschied ist: ICH mache mir die Mühe und passe den Text dem Kundenanliegen an, damit der Kunde auch weiß, sein Anliegen wird von einem mitdenkenden Menschen, und nicht von einer Maschine bearbeitet! Sollte kein Text passen mache ICH mir die Mühe, und schreibe diesen komplett selbst. Aber selbst so etwas was ich bekommen habe als Antwort erfahre ich so selten, dass ich mich nicht einmal erinnern kann, wann ich das letzte Mal so eine Antwort erhalten habe. Selbst bei einem Lob über eine Person, bei dem ich noch extra reinschreibe, dass ich hoffe, dass der Mitarbeiter dieses Lob auch erhält kommt eine Standardantwort. Jeder Satz könnte sowohl über Lob an den Mitarbeiter, oder auch an den Laden an sich, oder die Produkte passen. Kein Wort davon, ob das Anliegen weitergeleitet wird. Da ich nicht auf den Kopf gefallen bin, habe ich diese Standartphrase auch gleich erkannt. Ebenso dass keine Unterschrift bzw. ein Name eines Menschen darunter stand. Normalerweise hätte ich gerade noch einmal was schreiben sollen. Aber das versteht dann das andere Ende nicht, oder es gibt keinen passenden Textbaustein und ich ärgere mich im

Nachhinein nur unnötig. Vielleicht wird deswegen so wenig gelobt, da es noch fast schwieriger ist als eine Kritik auszusprechen.

Unglaublich, Leute. Es ist ja schon sehr schwierig heutzutage auf den Seiten diverser großen Firmen ein Kontaktformular zu finden. Die Firmen wünschen lieber einen Anruf, der den Kunden sowohl ein Haufen Gebühren, als auch unnötig Zeit kostet. Denn der Kundenservice in vielen Firmen ist so grottenschlecht, dass man nicht freundlich behandelt, noch das Anliegen aufgenommen wird. Sondern es wird oft nur von A nach B, dann nach C, dann nach D usw. verbunden. Es gibt Firmen, deren Kundenservice am Telefon ist wirklich phantastisch. Aber diese Firmen lassen sich das auch einiges an Geld für Gebäude, Mitarbeiter und Schulungen kosten. Dazu sind die meisten leider nicht bereit. Findet man jedoch endlich ein Kontaktformular, muss man erst einmal zig Sachen anklicken, um was es geht, wird wieder zu irgendwelchen möglichen Antworten auf mögliche Fragen weitergeleitet usw. Es ist grausam. Meistens wird man doch wieder an Telefonnummern verwiesen. Manchmal sollte man studiert haben, um ein Kontaktformular oder eine e-Mail Adresse zu finden. So, sind wir aber nun endlich soweit, nach einer Ewigkeit, und können unser Anliegen formulieren und dies verschicken, kommt als Antwort:

Ein unüberlegter, meist unpassender Standarttext. Na prima.

Sichtbereich

Ein kleiner 3 Millimeter kleiner Kratzer der nicht einmal durchgeht, der angeblich im Sichtbereich sein sollte, nötigte meine Schwester ein neues Auto zu kaufen. Eine neue Scheibe würde so viel Geld kosten, mit dem ganzen anderen kleinen Kram, dass es sich wirklich nicht lohnt dies reparieren zu lassen. Der TÜV würde aber mit diesem kleinen Minikratzer in der Scheibe der Armen das Auto nicht mehr zulassen. Größerer Steinschläge könnten repariert werden. Zudem schaut meine Schwester weiter oben aus der Scheibe und es ist somit nicht in ihrem Sichtbereich. Aber: keine Chance. Super.

Unglaublich, Leute, man kann es auch echt übertreiben mit Vorsicht. Wenn ich sehe was ihr als für Schrottlauben auf den Straßen erlaubt und das es keinen interessiert, WIE manche Auto fahren muss ich darüber echt lachen!

Gebühren für nichts

Ich hatte mir vor langer Zeit schon einen Gewerbeschein zugelegt. Warum? Ich wollte nebenbei ein wenig Geld verdienen. Das Geld ist immer knapp und wenn man nebenbei etwas machen möchte, Sachen verkaufen oder irgendetwas anderes, möchte man das schließlich legal machen. Da ich schon einiges probiert hatte, wenn auch ohne Erfolg, hatte ich dies aber wenigstens brav angemeldet und auch immer brav bei der Steuererklärung gemeldet. Was auch in meinem Schein stand war „Reinigungsarbeiten". Ich dachte mir, wenn mal jemand im Ort, beispielsweise ein armes altes Mütterchen krank ist und hat niemand der ihr im Haushalt hilft. (In solchen Fällen haben viele ja leider oft keine Kinder und Geschwister.) Das wäre etwas. In so einem Fall könnte ich einmal aushelfen und ganz legal ein paar Euro dafür entgegen nehmen. Es kam allerdings bisher nie dazu. Dennoch dachte ich, die Möglichkeit besteht, es könnte sich ja mal etwas in dem Bereich anbieten.

Als ich umgezogen bin, ist auch mein Gewerbeschein umgezogen, also ließ ich diesen brav auf dem Amt gegen Gebühr in meinem neuen Wohnort umschreiben. Kurze Zeit später erhielt ich Post von einer Institution, die für Handwerk zuständig ist. Ich sollte doch bitte den beiliegenden Antrag ausfüllen, denn Reinigungsarbeiten gehört zum Handwerk, es werden Gebühren und diverse

Kosten fällig, blablabla. Ich dachte ich stehe im Wald und antwortete der Institution, dass ich diesen Antrag nicht ausfüllen würde. Höflich erklärte ich, dass ich zum einen nur ein Nebengewerbe habe und diese aufgeführten Arbeiten nur eine von vielen in der Aufzählung sind und ich zum anderen diese nur als Option mit in dem Schein aufgeführt habe. Ich führte und führe die Arbeiten nicht aus. Ferner würde ich meinen Gewerbeschein nun wieder ändern lassen, auch wenn mich das weitere Gebühren kostet, denn nur weil ich eventuell einmal 20 Euro im Jahr dazuverdienen KÖNNTE, bin ich nicht bereit einen so enormen Zeitaufwand zu betreiben um den sehr langen Antrag auszufüllen. Ferner sind die stets anfallenden Gebühren teuer als das Geld das ich VIELLEICHT verdienen könnte.

Ich dachte ich hatte mich auch verständlich ausgedrückt. Aber wohl nicht. Als Antwort kam: Die Höhe der Gebühren aufgeschlüsselt, was so für das erste Jahr bei ca. 300 Euro läge, der nette Ratschlag dass ich mir das doch überlegen sollte, denn es scheint als würde sich das bei mir nicht rentieren und die schlaue Idee, ich solle doch eventuell den Gewerbeschein ändern lassen. Und sollte ich mich dazu entscheiden ihnen doch eine Kopie zuschicken. Äh, okay...

Unglaublich, Leute. Wird eigentlich noch gelesen was man so schreibt? Warum nehme ich mir die Zeit und mache mir die Mühe? Danke für den Ratschlag, liebe Institution, darauf bin ich auch alleine gekommen wie ich es auch geschrieben hatte.

Ich dachte echt, das kann doch nicht wahr sein. Dass ich meinen Gewerbeschein ändern werde hatte ich mitgeteilt, es gibt also nichts zu entscheiden. Warum sollte ich mich auch behandeln lassen als hätte ich einen großen Handwerksbetrieb nur weil ich mir die Option offen halten will, eventuell einmal nebenbei ein wenig zu putzen? Und warum in aller Welt soll ICH dann noch eine Kopie von dem geänderten Schein schicken? Den jetzigen Schein haben sie ja auch von irgendwo her ohne meine Mithilfe bekommen. Nur Zeit und Kosten die ich wieder habe – für nichts. Tut mir leid, armes Mütterchen, sollte es dich geben, ICH werde Dir jedenfalls leider nicht helfen können, da ich mir das nicht leisten kann.

Wer lesen kann...

Ähnlich wie in der Gebühren Geschichte konnte auch der Mitarbeiter einer Versicherung nicht lesen. Ich bekam eine Rechnung für das laufende Jahr und wollte diese auch bezahlen. Allerdings von einem anderen Konto, denn es stand noch ein Ausflug an für den ich noch das restliche Geld auf meinem oft genommen Konto benötigen würde. Ich schrieb den Damen und Herren, dass ich in der Zukunft gerne per Lastschrift zahlen möchte. Ich bekam daraufhin von denen Post, füllte die Einzugsbestätigung aus, und notierte groß und gut lesbar, dass man aber bitte erst ab dem 01.02. dieses Jahres von diesem Konto abbuchen könnte. (Das waren noch ungefähr 2 Wochen, aber ich hatte eh vor das Geld zu überweisen da es ja schließlich fällig war. Nur eben von dem anderen Konto.) Es war schließlich eines der wenigen Felder, die auszufüllen waren. Aber soweit kam es gar nicht. Prompt, als ich der Versicherung den Wisch gefaxt hatte, wurde das Geld von dem notierten Konto abgebucht. Das Abbuchungsdatum wurde gekonnt ignoriert. Glücklicherweise habe ich das gesehen, kurz bevor ich die Überweisung machen wollte.

Unglaublich, Leute. Wenn Ihr schon Angaben fordert und diese auch bekommt, dann lest diese gefälligst auch und handelt nicht einfach wie Ihr gerade Lust habt. Es wird schließlich einen Grund geben warum das da drin steht. Wenn Ihr Angst habt Euer Geld nicht rechtzeitig zu bekommen, fragt kurz nach damit man die Angelegenheit klären kann.

Terminabsprache ohne Sinn

Mal wieder erwarteten wir ein Paket, welches aber nicht zugestellt werden konnte. Wir bekamen, diesmal von einem anderen Paketdienstleister, einen Zettel, dass wir das Paket in einem entsprechenden Shop abholen könnten. Dieser befindet mal eben 3 Ortschaften weiter. Das allein war schon ärgerlich, denn bei einem Mehrfamilienhaus ist normalerweise immer jemand da, der das Paket entgegen nehmen kann. Ändert ja aber nichts, also mussten wir da hin. Das erste Mal war keiner da, trotz normaler Ladenöffnungszeiten. Wir mussten also anrufen. Daraufhin wurde ein Termin vereinbart. Am Freitag ab 16:30 Uhr sei er da, bis 17:00 Uhr. Ich übernahm das, wenn ich es auch recht eilig hatte denn ich hatte um 17:30 Uhr einen Termin und es wurde so schon knapp. Ich war um 16:20 Uhr dort, und wartete bis 16:50 Uhr. Es kam keiner. Wutentbrannt warf ich den Paketzettel mit einer Notiz über die aktuelle Uhrzeit ein und fuhr davon. Bis ich die Straße draußen war, war es 16:55 Uhr und mir kam kein Auto entgegen. Ich war sehr spät dran und hätte sonst meinen Termin nicht geschafft. Der Besitzer des Ladens rief dann bei meinem Freund an, er wäre um kurz vor 17 Uhr eingetroffen. Er hätte ja schließlich gesagt zwischen 16:30 und 17:00 Uhr. So mussten wir zum 3. Mal hinfahren. Zu guter Letzt war das bestellte Teil auch noch falsch.

Unglaublich, Leute. Achtet einmal auf das was ihr sagt. Ab 16:30 Uhr da sein und bis 17 Uhr heißt für mich, ab 16:30 Uhr da sein, bis 17 Uhr, dann nicht mehr. Und nicht ich komme irgendwann zwischen 16:30 und 17 Uhr. Und selbst wenn, um 16:59 Uhr dann aufzutauchen wäre auch dann etwas unhöflich wenn man genau weiß das jemand dringend sein Paket benötigt. Dann melde ich mich nicht für solche Aufgaben! Dann muss ich meine Anwesenheit auch nicht gewährleisten. Aber so ist das natürlich nichts.

Das neue Technikgerät

Ich war sehr stolz und voller Vorfreude, als ich mein neu erworbenes Technikgerät in Händen hielt. Und das vor dem langen Wochenende mit Feiertag. Perfekt, da kann ich es gleich ausgiebig testen. Dachte ich. Denn zum Benutzen war eine bestimmte Software nötig, die es nur im Internet herunterzuladen gibt. Also wollte ich dies tun. Doch was war? Ich konnte keine Software herunterladen, da der Anbieter diese gerade aktualisiert. Ich musste bis nach dem langen Wochenende warten doch danach hatte ich natürlich erst einmal wieder keine Zeit. Was soll der Käse, die Firmen können doch nicht Käufern deren Geräte die Software vorenthalten. Wenn ich mir die Zeit jetzt eingeplant habe mit dem Gerät zu arbeiten? Wo ist das Problem, bis zur aktualisierten Version zumindest die alte Software bereitzustellen? Ich finde es eh total unpraktisch, dass Software nicht wie der Treiber mit einer CD mitgeliefert wird und man vom Internet abhängig ist. Meine Enttäuschung teilte ich der Firma auch mit. Die Reaktion: es hat sie nicht interessiert.

Stiefelkauf

Eine schwere Entscheidung hatte ich getroffen, als ich nach über 10 Jahren meine Ausgehstiefel entsorgt habe. Sie waren topp. Bald jedes 2. Wochenende habe ich sie ausgeführt. Spezielle Lackstiefel mit hohem aber dennoch bequemem Absatz. Die damals 170 Euro waren gut angelegt gewesen. Im Laufe der Jahre jedoch hat das Material etwas gelitten und sie sahen einfach nicht mehr so schön aus. Also entschied ich mich letztendlich mir neue zu kaufen und die alten zu entsorgen. Gesagt, getan. Ich fand sogar die gleichen noch einmal für 150 Euro. Da ich um die Qualität dieser Stiefel wusste, kaufte ich sie.

Nach drei Mal ausgehen jedoch war der erste Absatz kaputt. Er war eingerissen und hing lose vom Schuh.

Glücklicherweise ging er nicht ganz ab und es geschah erst beim nach Hause gehen, so dass nichts Schlimmeres passierte. Ich hätte ihn sicher auch selbst reparieren könne, aber ich sah es einfach nicht ein für das Geld, also entschied ich mich wie alle anderen Menschen auch zur Reklamation.

Ich schrieb den Händler an, freundlich und höflich und bat um Ersatz, sendete noch ein Foto. Der Käufer meldete sich auch umgehend, jedoch nicht mit Ersatz sondern mit einem Paketlabel. Ich solle die Stiefel retour senden, sie würden dann fachmännisch repariert werden. Also gut, dachte ich. Ich prüfte das Label, es war natürlich das günstigste und kleinste Paketformat, 60x30x15cm als zulässiges Höchstmaß. In dem Originalkarton hätte das auch so funktioniert, doch den hatte ich selbstverständlich nicht mehr. Warum auch, ich rechne bei einem solchen Betrag schließlich nicht damit, dass die Schuhe nach so kurzer Zeit kaputt gehen. Also schrieb ich den Händler erneut an. Ich erklärte, dass ich keinen passenden Karton habe und auch die Schuhe auf Grund des Materials nicht knicken könnte. Er soll doch bitte das nächst größere Label senden. (Das kostet ca. 1 Euro mehr…) Als Antwort kam allen Ernstes die Maße des Originalkartons, und dass das Label passen würden. Aber das Beste daran: Ich sollte doch notfalls das Paket einfach abgeben. Am Schalter würden die ja schließlich auf das Gewicht, nicht auf die Größe achten.

Ich war baff. Ein Händler versucht mich für dumm zu verkaufen und mir weis zu machen, dass auf der Post nicht die Paketmaße geprüft werden. Eigentlich fordert er mich sogar dazu auf, die Post zu betrügen. Sicher, lieber Verkäufer. Es gibt es auch völlig umsonst extra ausgewiesene Höchstmaße und unterschiedliche Preise. Ich wurde sogar schon auf einer Post weggeschickt, da mein Paket minimal zu groß war. (Ich hatte damals einfach vergessen auf die Größe zu achten.) Da war ich natürlich nicht mehr so freundlich, bat aber dennoch höflich um umgehendes Zusenden eines passenden Labels da ich sonst ein Teil des Geldes zurückfordern würde und die Schuhe selbst reparieren würde.

Ich musste mehrere Tage auf eine Antwort warten, bekam aber das größere Label. Wenn auch der Verkäufer nun nicht mehr so freundlich in seinem Umgangston war.

Auf die Stiefel warte ich heute noch, obwohl ich sie (angekündigt!) letzte Woche schon wieder gebraucht hätte.

Stieflein, Stieflein an der Wand... äh, im Karton.

TATTOOS

Sowohl eine Freundin von mir als auch ich selbst haben einige Tätowierungen. Tattoos sind heutzutage ja nichts Außergewöhnliches mehr... geht man zumindest von aus. Fehlanzeige. Und bevor wir auf die Studiogeschichten eingehen, hier erst einmal noch generell zum Thema.

Straßenfest

Neulich trafen wir uns mit ein paar alten Bekannten auf einem Straßenfest. Einen der Bekannten hatte ich seit Jahrzehnten nicht mehr gesehen. Es war ein netter Abend bis die Aussage des stark alkoholisierten jungen Mannes kam: „Ich kenne dich noch von damals, da hast du noch nicht so schlimm ausgesehen, mit deinen Tätowierungen und so."

Ganz nebenbei erwähne ich, dass unter anderem seine jahrelange Partnerin ebenfalls tätowiert ist (die sich sehr für sein generelles angetrunkenes Benehmen den ganzen Abend lang geschämt hat) und auch mehrfach die arme Bedienung an dem Abend blamiert und an der Nase herumgeführt hat.

Internet

Ja im lieben Internet kann viel geschrieben werden. Auch hier sah ich durch Zufall einige tolle Bilder von Projekten von Tätowierern. Was mir jedoch ins Auge stieß war ein Kommentar eines Mannes: „Tolles Motiv, aber wie kann man sich nur sowas auf die Haut stechen lassen und sich so verunstalten." Er löste natürlich eine riesen Diskussion aus, was wohl auch sein Ziel war. Was mich nebenbei interessiert, warum geht er überhaupt auf die Seiten und schaut sich die Motive der Künstler an, wenn er es doch abstoßend findet?

Unglaublich, Leute. Ich bin vielleicht tätowiert und ich habe die Bilder mein ganzes restliches Leben, doch ist das nicht meine Entscheidung? Jedes Bild hat für mich eine Bedeutung. Abgesehen davon kann ich mich, im Gegensatz vieler anderer benehmen! Ich verweise hier auch noch einmal auf Teil 1, Unmöglich Leute, die nette Dame im Zoo, Teil 3 des Kapitels dich mich schon als Assi beschimpfte, aber sich selbst daneben benommen hat. Tätowierter Assi, wenn schon bitte!! Denn ich bin lieber ein tätowierter Assi wie ein normaler Assi. Nur letztes wäre eine Beleidigung.

So, nun aber zurück zum Thema Studios. Wir, meine Freundin und ich, auch andere Freunde natürlich, haben im Laufe der Zeit einige Studios ausprobiert und festgestellt, dass die meisten mehr schlecht als recht sind, egal in welchem Bezug. Fangen wir an.

Tattoo-Studio

Teil 1

Nach dem ich ein kleines Tattoo bei jemanden habe machen lassen, aber nicht 100 % zufrieden war (es wurde etwas zu dick gestochen) wollte ich in ein Studio, dass bekannt ist. Einen Namen hat. Davon gab es in meinem Umkreis auch eines. Also ging ich zur Beratung mit meinem Entwurf hin. Ich wollte ein neues Bild am Arm mit einem bereits vorhandenen Bild am Rücken verbinden und habe alles so aufgemalt wie ich es gerne hätte.

Als ich im Studio am Tresen saß und wartete, wurde ich erst einmal eine ganze Weile gekonnt ignoriert. Obwohl ich gesehen wurde, hat mich keiner angesprochen was ich möchte, oder mir ein Getränk angeboten oder sonst irgendwas. Erster Minuspunkt. Also ging ich selbst auf einen der Tätowierer zu und sprach ihn an. Er forderte mich auf mit in den Behandlungsraum zu kommen. Minuspunkt Zwei – denn wenn gerade jemand tätowiert wird, sollte das a) diskret und b) hygienisch sein. Naja. Ich ging also mit, es wurden in dem Raum parallel drei Personen gleichzeitig tätowiert. Wie eine Massenabfertigung war das. Das hat mir dann auch schon nicht gefallen. Dritter Minuspunkt. Der Tätowierer wollte das Bild sehen das ich bereits habe. Ich musste mich dann also noch vor den anwesenden Personen auch noch halber ausziehen, jeder hat das Bild gesehen und ein paar Möchtegern-Obercoole haben sogar gelacht, weil es wahrscheinlich nicht „böse" genug war. Sicher hofften sie, dass dadurch ihr Penis länger wird. Anders kann ich es mir nicht erklären, denn so zum Lachen ist das Bild nicht gewesen, wenn vielleicht nicht perfekt gestochen (was man aber auch nur aus der Nähe sieht). Dann meinte der Tätowierer auch noch klugscheißen zu müssen, von wegen das geht so nicht, das kann nicht bleiben, muss alles überstochen werden und mit meinem Entwurf das geht so auch nicht. Ich solle nächste Woche nochmal kommen dann wird er sich mal darum kümmern und mir was zurechtbasteln.

Ich bin mir in dem Laden vorgekommen wie ein Idiot und bin natürlich nie wieder hingegangen. Ich fand einen anderen Tätowierer, etwas weiter weg, aber der hat mich beraten und bedient wie ich es mir vorgestellt habe und ich bin mit seiner Arbeit sehr zufrieden. Leider bin ich nun soweit weggezogen, dass die Entfernung zu dem Tätowierer zu groß ist, um nochmal hinzugehen.

Teil 2

Ein neues Studio wurde gefunden. Bombastisch gute Qualität aber entsprechend stolze Preise. Aber das war mir dann egal. Ich war zwei Mal dort und plante ein drittes, etwas größeres Projekt. Ich brachte beim letzten Termin meine Entwürfe mit, erklärte dem Tätowierer und dem Chef was ich wollte (die Tätowierer sprachen leider nicht unsere Sprache) und vereinbarte, dass ich nochmal zum Besprechen nach deren Urlaub der vor der Tür stand, vorbeikommen würde. Der Chef bat mich, vorher anzurufen, ob die Jungs auch Zeit hätten. Die Entwürfe sollte ich schon einmal da lassen. Ich rief also nach dem Urlaub an und fragte, wann ich am besten kommen soll zur Besprechung. Der Chef wollte mit mir gleich einen Termin zum stechen ausmachen, da ihm jemand abgesprungen ist und er so kurzfristig Luft hatte. Ich sagte ihm noch am Telefon: „Das geht nicht, es ist ja noch gar nicht besprochen und vorbereitet." Der Chef meinte: „Das geht schon klar, komm einfach." Also gut. Ich mir einen halben Tag frei genommen, ein Treffen mit Kollegen abgesagt und meinen „Übersetzer" Kumpel gebeten mit mir zu kommen.

Einige Tage später stand ich in dem Laden. Um es kurz zu machen: 1. Konnte ich nicht tätowiert werden denn meine Unterlagen waren verschwunden. Der Chef, der selbst diese eingefordert hatte, pampte mich noch an: „Das kann nicht sein, wir nehmen nie vorher Unterlagen an!" 2. Nachdem ich es nochmal erklärt hatte und mit denen gesprochen hatte, dank meines Übersetzers, hieß es dann, das wird zu groß, das ist jetzt in der kurzen Zeit nicht zu machen, man muss hierfür einen Tag einplanen. 3. Als ich dann sagte, dass ich dies ja am Telefon bereits versucht hatte zu erklären wurde ich noch angepampt: „Wir machen telefonisch keine Termine, nur persönlich mit Anzahlung!" Aaaargh. Ich habe doch selbst mit ihm gesprochen. Ich war so zornig dass ich am liebsten gegangen, und nicht mehr gekommen wäre. Aber zum einen hatte ich schließlich schon anbezahlt, und zum anderen hatte ich noch einen Gutschein und die Jungs waren einfach gut und konnten ja nichts für den Chef, der nur da war um einen auf dicke Hose zu machen. (Vollgestopft mit Geld natürlich!)

Also Termin wurde gemacht, ich ging an dem Tag wieder hin (war ja auch nicht um die Ecke) und ließ das Tattoo stechen. Es ist auch bombastisch geworden. Aber denkt ihr nach den drei Terminen und den Haufen Kröten die ich dort gelassen habe hätte ich mal eine Pflegecreme gratis bekommen? Nein. Für die wollte der geldgeile Chef auch noch 10 Euro haben! Dies alles, und auch die Tatsache das sie Jungs zwar gut sind, aber leider nichts selbst malen nur ab kopieren können war dann ein Grund für mich, nicht mehr hinzugehen. Schade.

Teil 3

Eine ganz miese Erfahrung, die meine Freundin in einem Tattoo Studio machen musste: Anfangs war alles gut. Sie ging auf Empfehlung hin, fand den Laden und die Leute gut und wurde gut bedient. Der eine Chef war zwar etwas verpeilt, aber super lieb. Sie sind ins Gespräch gekommen mit meinem Buch und sie bat ihm an, ihm gerne eines mitzubringen, wenn er etwas Werbung machen würde. Hat sie auch gemacht... Aber selbst nach einem Dreivierteljahr war das Buch dort nicht zu finden. Egal, meine Freundin hat trotzdem ein Haufen Werbung für den Laden gemacht und einen Haufen Leute hingeschickt! Wurde schließlich immer gut behandelt und die Leute waren nett. Aber was dann noch für Aktionen kam, ging auf keine Kuhhaut.

In dem Studio wurde eine neue Sache eingeführt. Permanent Makeup. Super, dachte sie sich, dass wollte sie eh mal wieder machen. Warum nicht die super Einführungspreise, die groß angepriesen wurden, nutzen. Der Termin fand zufällig an einem Tag statt, bei dem es auf alle Tattoo Termine einen Rabatt gab und sie fragte den Chef höflich, ob sie den Rabatt auch bekäme, machte sich auch gleich neue Termine aus. „Leider nicht möglich, ist schon das Günstigste was geht.", war die Antwort. Ok, ist ja auch verständlich.

Als sie zwei Wochen später in das Studio ging um das nächste Tattoo machen zu lassen, bekam sie von dem Chef einen Packen Flyer zum verteilen in die Hand gedrückt. Sie bietet sich ja immer gerne an zu helfen, die Gute. Daheim schaute sie sich die Flyer genau an und entdeckte die aktuellen Angebotspreise des Permanent Makeup. Um einiges günstiger als dass, was sie bezahlt hatte! Sie war mehr als entsetzt als sie mir das erzählt hat. Nach einiger Zeit fand sie die Überwindung und schrieb den Chef persönlich an und teilte ihm ihren Unmut mit. Als Antwort kam jedoch: Nichts. Sie hatte zwar nichts gefordert, aber ein kleines Sorry oder eine Erklärung wäre ja nicht zu viel verlangt gewesen. Abgesehen davon, dass das Makeup auch nicht perfekt war. Aber meine Freundin besteht darauf, dass das ihre Schuld ist, da sie sofort anschwillt wenn an ihrem Auge was gemacht wird. In Ordnung, aber das mit dem Preis und dem Nicht-Reagieren von dem Chef geht meiner Meinung nach gar nicht.

Bei ihrem nächsten Termin, der bereits ausgemacht war, ließ sich der Chef nicht blicken und sie selbst musste über eine Stunde auf den Tätowierer warten. Abgesehen davon hatte dieser, entgegen der Vereinbarung, keine Vorlage gezeichnet. Das hatte meine Freundin aber ausdrücklich gewünscht gehabt und hatte zur Sicherheit selbst etwas mitgebracht. Dies wurde dann auch so in der Art gestochen. Allerdings eben nur so in der Art und nicht unbedingt perfekt. Zwischen den Pausen musste sie teilweise mehr als 20 Minuten warten und war dann am Ende der Sitzung, von den fast 4 Stunden die sie vor Ort war, mindestens die Hälfte nur halb angezogen in dem recht kalten Studio am warten. Das ganze Tattoo hat weniger als halb so lange gedauert wie geplant, aber sie sollte den vollen Preis bezahlen der vereinbart war. Besonders gut, wie die Male zuvor, war es diesmal auch nicht geworden.

Sie hat zwar den Preis ohne Murren bezahlt, da es abgemacht war, aber hat den Laden nie wieder betreten. Es waren noch mehr Kleinigkeiten, wie verschlampte Entwürfe oder Termine die nicht eingetragen wurden, aber das fand meine Freundin nicht so schlimm, das war in dem Studio in dem sie vorher war wohl auch so. „Das ist in der Branche normal.", sagte sie mir. Ich hatte ja auch ähnliche Erfahrungen gemacht. Sie hatte dem Studio noch eine gepfefferte Nachricht geschrieben gehabt, denn sie ist ja noch so nett und erklärt den Leuten warum sie nicht mehr kommt um denen noch die Chance zu bieten, es mit einer Entschuldigung eventuell etwas gutzumachen. Nicht mal darauf kam eine Antwort.

Unglaublich, Leute. Kundenservice sollte immer gegeben sein, nicht nur am Anfang wenn Ihr Euer Geschäft aufbauen wollt. So etwas kann auch nach hinten los gehen. Für die meisten Tattoo Studios sind die Kunden leider nur große Blasen voller Geld, in die sie Ihren Geldrüssel reinstecken und aussaugen. Sie sind einfach nichts mehr wert. Kunde – das Wort gibt es dort nicht, man wird behandelt wie ein Depp. Solang sie ihr Geld in der Tasche haben, ist den Chefs alles andere Bums. Der Fairness halber möchte ich noch erwähnen, dass bezüglich der letzten Geschichte lange Zeit später dann doch noch eine Entschuldigung kam, nachdem eine andere Stammkundin das mitbekommen hat und dort im Laden mal auf den Tisch gehauen hat. Meine betroffene Freundin konnte dann mit dem Inhaber doch noch eine Einigung finden.

LACHSPASS

Eiermann – Lustig statt unglaublich

Eine Kollegin von mir hatte mitbekommen, dass ich bei einem Arbeitskollegen Eier kaufe. Der Mann hat eigene Hühner und ich mag die Massentierhaltung nicht, also super dass ich in der Firma jemanden gefunden habe, bei dem ich wirkliche Bioeier beziehen kann. Der Mann heißt Markus Schmitt. (Name natürlich frei erfunden!)

In einem sozialen Netzwerk wurde meine Kollegin von einem Mitarbeiter angeklickt. Sie nahm ihn an, konnte aber mit dem „Spaßname" und dem nicht erkennbaren Bild nichts anfangen. Sie kam aber irgendwie auf den Namen Schmitt, und fragte mich ob das der Eiermann sein kann. Ich antwortete, dass dies möglich sei, der „Eiermann" heißt Markus Schmitt, ich jedoch der Meinung bin, dass er mit vollem Name und erkennbaren Bild online ist. Von daher glaube ich nicht, dass das der Gleiche ist, aber weiß es eben nicht genau. Wir haben uns dann aber auch nicht weiter darum gekümmert. Auf jeden Fall gibt es bei uns in der Firma auch noch einen Manuel Schmitt. (Wir sind eine große Firma!) Wie auch immer das zustande kam, dachte meine Kollegin nun, dass Manuel Schmitt der Eiermann sei.

Einige Zeit später traf meine Kollegin zufällig den Manuel Schmitt auf dem Flur, als sie auf einen Termin mit ihrem Chef wartete. *Sie wollte die Gelegenheit nutzen und ihr Interesse bekunden und sagte:*

„Hallo, du kennst mich zwar nicht aber ich habe Interesse an deinen Eiern."

Mit etwas offenem Mund schaute Manuel Schmitt sie an und meinte „okeeeeyyyy…", als der Chef meiner Kollegin um die Ecke bog und das Gespräch unterbrochen wurde.

Abends hatte dann meine Kollegin eine Nachricht online von Manuel, dass sie doch gerne am Abend wegen den Eiern vorbei kommen könnte. Sie wunderte sich noch über die Aussage, denn ich habe meine Eier immer mit auf die Arbeit mitgebracht bekommen, doch sie sagte zu. Eine Stunde später stand sie bei Manuel vor der Tür und klingelte. Diesmal fiel ihr das Kinn hinunter, als Manuel im Bademantel öffnete und diesen dann mit langsamen Bewegungen von sich streifte….

Nein okay, ich gebe zu, alles ab dem *„Sie wollte die Gelegenheit nutzen und ihr Interesse bekunden und sagte: … "* war frei erfunden. Aber es wäre fast passiert, wäre nicht der Chef meiner Kollegin just in dem Moment um die Ecke gelaufen, als Sie ansetzen wollte, ihren Satz genauso zu sagen. Als sie mir davon erzählte und ich das Missverständnis bemerkte, waren die Erleichterung und vor allem aber das Gelächter groß. Um ein Haar wäre es richtig peinlich geworden.

Tja Leute, seine Anliegen in Späßen rüber zu bringen kann manchmal in die Hose gehen.

Fachmann

„Meine Homepage ist weg!" „Wie, Ihre Homepage ist weg?" „Ja die ist einfach weg." „Was haben sie denn eingegeben?"

„Na, bei Google www.xxxx.de" Geben Sie das mal direkt ein, nicht über Google." „Wie direkt?"

„Na gehen Sie nicht in das Google Suchfeld. Machen Sie sich direkt ein Fenster auf und geben sie das oben in die Leiste ein." „Ich sitze im Keller, ich habe hier kein Fenster."

(Ernsthaftes und vorgekommenes Gespräch!)

Was herauskommen kann, wenn zwei Leute über unterschiedliche Dinge reden

„In der Woche wird sich Mundgeruch leider nicht vermeiden lassen." – „Oh das riecht so gut wie das Weihnachtsessen bei meinen Eltern."

Öhhhm:

Lustige Geschichten aus dem Arbeitsalltag

Der Mitarbeiter: „Wir klären das und geben Ihnen telefonisch eine Rückmeldung."

Kunde: „Rufen Sie mich dann nochmal an?"

Ein Kunde schreit nur herum wir wären zu dumm weil wir im System nicht sehen was hinterlegt ist, meldet sich aber ohne Name, ohne Telefon-Nr. etc. – Lieber Kunde, Hellsehen können wir nicht.

Ein Kunde ruft eine halbe Stunde nach Schließung des Geschäftes an, kommt in der Zentrale heraus und beschwert sich, dass die Schranke unten sei und er nun nicht mehr vom Gelände fahren kann. Wie man sowas machen könne, er wäre ja noch im Auto gesessen.

Dann sagte er noch, als er hinkam war das Geschäft auch schon zu und hat sich sehr darüber geärgert, dass so früh geschlossen wird. Die Schranke war da aber noch auf gewesen. Erste Verwunderung. Warum stellt sich der Kunde dennoch im Auto auf das Gelände? Hat er gedacht, wenn er lange genug wartet kommt jemand und schließt wieder für ihn auf?

Er beschwert sich weiter, er käme so nicht heraus, es sei auch ein Vorhängeschloss an der Schranke. Da im Markt jedoch leider keiner mehr telefonisch erreichbar war, konnten wir dem Kunden nicht helfen. Er sagte daraufhin, dass er mit einem Taxi heimfahren würde und darauf hoffe, dass sein Auto nicht abgeschleppt werden würde. Mich machte es stutzig, dass er hier unserer Firma nicht noch die Kosten auferlegen wollte. Ebenso erstaunte es mich, dass jemand über eine halbe Stunde angeblich im Auto gesessen hatte, ohne zu merken, dass alles geschlossen wird und überhaupt auf das Gelände fährt, wenn er doch merkt, dass das Geschäft schon geschlossen hat.

Letztendlich rief die Frau des Kunden später noch mal bei einem Kollege an, den genauen Grund kann ich nicht mehr nachvollziehen. Sie wollte sich wohl vergewissern, ob die Aussage des Mannes, unsere Firma hätte sein Auto eingesperrt stimmte. Aber es gab noch etwas sehr Ominöses an der Geschichte: Durch Zufall haben wir herausgefunden, dass neben dem Geschäft ein Puff ansässig ist. Ob das was mit dem komischen Fall zu tu hat?

Keine Einzelfälle

Ein Mitarbeiter ruft eine Kundin an: „Die bestellte Ware ist da." – Sie so: „Was ist da?" Mitarbeiter: „Die bestellte Ware ist da." Sie: „Oh, die bestellte Ware ist da?" Mitarbeiter: „Ja genau. Die bestellte Ware ist da." Sie: „OK dann gebe ich Ihnen mal mein Mann." (Er war im Hintergrund zu hören, hat ihre wiederholende Worte also auch gehört.) Er geht dran „Ja?" – „Ihre bestellte Ware ist da!" – „Danke, das hat mir meine Frau gerade gesagt."

"Ich verstehe Sie so schlecht, Sie sind draußen, es ist sehr windig, da rauscht das Telefon zu arg." Kunde: "Moment...", gibt mir ihren Mann, der natürlich auch draußen steht... welcher mit das Gleiche versucht zu erklären.

Eine Kollegin sagt einer Kundin, der Lieferant ruft vor Anlieferung an. Die Kundin fragt ob der Lieferant vor der Anlieferung auch anruft. Nein... hinterher……

Ein Kollege auf der Post sagt zu einem Kunde: „Gut, das Sie die Post jetzt bringen, denn in 2 Wochen erhöht die Post wieder das Porto und dann kosten die Briefe 0,70 Cent." Sagt der Kunde: „Oh, dann warte ich noch so lange." Der Kollege fragt: „Sind Sie sich sicher, da kostet es doch mehr?" Kunde: „Ja, da warte ich lieber."

Ohne Worte:

Wie auch im ersten Teil bin auch ich vor Dummheit nicht gefreit und stehe zu meiner Geschichte:

Lärmender Schutz gegen Lärmbelästigung

Mano man war das wieder laut auf der Arbeit. Die ganzen Damen tratschten wieder über ihre Kinder, ihre Hausarbeit, ihre Männer und Ex-Männer. Furchtbar, dieses Gegagger. Aber für was gibt es Internet. Ich suchte mir ein Musikvideo mit Wellness-Relax Musik auf, tarnte mein "Abwesend sein" mit meinem Headset, dass ich zum telefonieren nutze und drückte Play. Prima, dachte ich. Dann hab ich jetzt meine Ruhe und kann mich auf meinen Schreibkram konzentrieren. Leider stimmte irgendwas nicht mit dem Program oder dem Rechner, denn die Musik war sehr leise. Oder es liegt an dem Musikvideo, dachte ich und wählte ein anderes Wellness Video. Als ich dies ziemlich laut stellte, kam auch ein leichtes entspannendes Gedudel und ich konzentrierte mich endlich voll auf meine Arbeit. Kurz darauf bemerkte ich, wie sich das Gegagger hinter mir verändert hatte und sich ausbreitete, während die Hühner ganz aufgeregt herum wuselten. Ich spitzte zwangsweise die Ohren und vernahm, dass alle sich über ein „Gebimmel" wunderten und sich auf die Suche danach begaben. Ich dachte noch, was für Gebimmel? Doch wenige Sekunden später hatte es bei mir gebimmelt. Ich hatte vergessen, dass Headset vom Telefon weg und an den Rechner anzuschließen. Somit war ich die Lärmverursachende Person gewesen.

Aber was soll ich sagen, auch ich bin nicht perfekt.

DANKE

Danke an alle, die mir mit ihren Geschichten und ihrem Beisein am Erleben dieser Geschichten geholfen haben, dieses Buch zu erschaffen.

Unter anderem danke ich:

Corinna & Stefan, Angelika, Clarissa, Melanie, Mary & Luna

Herstellung und Verlag:
BoD – Books on Demand, Norderstedt
ISBN 978-3-7412-9343-6